화 성 의
아 이

화 성 의
아 이

김성중 장편소설

문학동네

차례

루 _7

마야 _41

라이카 _87

데이모스 _113

키나 _139

남자 _171

알리체 _199

콜린스 _223

작가의 말 _251

루

화성으로 쏘아 보낸 열두 마리의 실험동물 중 오직 나만 살아남았다.

영하 270도의 액화 헬륨으로 냉동된 채 우리는 미래로 발사되었다.

동료들이 꿈에서 죽음으로 항로를 바꾸고 있는 순간에도 나는 충실하게 바이털사인을 보내고 있었다. 박동이 사라진 심장과 얼어버린 신체 속에 동면해 있는 것이 나의 임무였다. 우주를 가로지르는 동안 화성은 붉은 벌레, 붉은 옷, 붉은 구름의 모습으로 꿈속에 나타나 춤을 추었다. 나는 얼음으로 된 그릇이었으나 꿈만은 얼지 않았다. 몇 세기가 단지 기나긴 낮잠

같았다.

나는 누운 채로 발견되었다. 나 자신에게.
핏줄을 따라 도는 느린 행성의 맥박이 느껴졌다.

얼마나 누워 있던 것일까? 우주선이 언제 이곳에 도착했을
까? 내가 살아 있기는 한 것일까, 아니면 죽은 것일까? 이곳
은 화성인가, 사후인가?
질문이 한꺼번에 들이치자 뇌가 명령을 내린다. 눈을 감았
다 떠보았다. 깜빡. 달라지는 것이 없다. 환영은 아닌 듯하다.
다시 한번 속눈썹을 붙였다 떨어뜨려본다. 깜빡. 눈썹 사이사
이에 엉켜 있던 몇백 년의 시간이 비명을 지르며 떨어져나간
다. 우주선의 검은 동공과 눈을 마주친다. 저 둥근 유리창 밖
으로 지구가 작아지던 모습이 떠오른다.
기억이 기나긴 시간을 가로질러 현재의 나와 도킹하고 있
다. 가득 담긴 사료와 신선한 과일, 육즙이 떨어지는 달콤한
고기. 우리는 연구소의 보물이다. 야단스러운 공물을 받는 희
생양처럼 떠나기 전날까지 융숭한 대접을 받았다. 무수한 실
험동물이 사망했고 그 데이터를 모아 만든 클론이 우리들이
다. 우리는 인간의 꿈이다.
그러나 인간은 우리의 꿈이기도 했다. 나의 언어와 지능, 말

하고 사고하는 방식, 무엇보다 지구를 그리워하는 마음은 온전히 '인간적'이다. 이 그리움이 어디에서 왔는지, 이식된 것인지 저절로 생겨난 것인지는 구별할 수 없다. 여러 종류의 실험 끝에 태어난 나는 스스로가 무슨 생물인지조차 알지 못한다.

　출발 전까지 검사와 훈련을 반복하느라 너무 바빴다. 그래서 지구와 제대로 작별하지 못했다. 몇 가지 이미지만 남아 있을 뿐이다. 손을 흔들어주던 사람들, 발사되던 순간의 진동, 심장과 귀의 압박, 우주선에 불이 났나 싶을 만큼 뜨거웠던 터빈의 열기, 진공 속을 유영하던 케이블.

　자만심에 젖은 남자들

　휴스턴

　카운트다운

　둥근 유리창을 따라 천천히 도는 개미들

일이 제대로 되었다면 여기는 지구가 아닐 것이다.
일이 제대로 되었다면 여기는 화성 어딘가일 것이다.
일이 정말로 제대로 되었다면 여기는 미래일 것이다. 타이

머는 삼백 년 뒤로 감겨 있었으니까.

몸을 뒤틀자 벨트의 구속력이 사방에서 옥죄어온다. 그제야 내가 칭칭 감겨 있었다는 사실이 떠오른다. 이착륙의 충격에서 보호받기 위해 최대한 '밀봉'되지 않았던가.

자동적으로 훈련을 떠올렸다. 내가 받은 훈련은 자유낙하와 진공에서의 이동, 오줌과 똥을 싸고 처리하는 일, 그리고 벨트를 해제하는 버튼 찾기……

버튼, 버튼이 어디 있더라.

생각이 끝나기도 전에 무언가가 손끝에 잡힌다.

각성이 곧 재생을 의미하지는 않는다. 벨트에서 풀려났지만 일어날 용기가 나지 않는다. 몸은 의식처럼 온전하지 않을 수 있다. 얼었다 녹는 과정에서 어딘가 썩거나 손상되었을 수도 있고 죽은 신경이 되살아나지 않았을지도 모른다. 중력 때문에 심장판막이 약해졌을지도 모르고 시력이 전과 같지 않을지도 모른다. 얼음 속의 물고기가 다시 녹을 때처럼 천천히 움직여야 한다. 신중하게, 하나씩 점검하는 것이 좋다. 이 과정을 지휘할 존재는 나뿐이니까.

오른팔. 움직인다.

왼팔. 움직인다.

두 다리와 무릎. 역시 움직인다.

시각, 청각, 촉각에는 이미 불이 들어온 상태였다.

이제 몸을 일으켜 밖으로 나가야 할 것이다. 그렇게 생각하면서도 우주선의 천장만 바라보고 있었다.

컹

컹컹컹컹

컹컹

컹

어디선가 개 짖는 소리가 들려온다. 환청치고는 길다. 선명하고 리드미컬하게 개가 짖고 있다. 여럿은 아니고 한 마리에게서 나오는 소리 같다. 우주선 어딘가가 열려 있기라도 한 것인가?

우주선 계폐에 생각이 미치자 더 누워 있을 수가 없었다. 순간적으로 몸을 일으켰더니 빈혈 때문에 눈앞이 아찔하다. 그러나 암흑이야말로 나의 전공이다.

숨을 들이마시며 내부에서 퍼지는 통증을 시각적으로 그려 본다. 부활을 알리는 시냅스와 뉴런을 떠올리자 검은 안개가 서서히 걷힌다.

눈을 떴을 때 내 앞에는 시베리안허스키 한 마리가 꼬리를 흔들고 있었다.

라이카.

개는 태연하게 입을 벌리더니 자기소개를 했다. 알아들을
수 없는 외국어로 말을 건네다 컹, 한 번 짖은 후 영어로 고쳐
서 말한 것이다. **반갑다. 내 이름은 라이카야.** 악센트가 도드
라진 외국인의 영어다.

"어떻게―"

나는 라이카의 등뒤에 잠겨 있는 문을 가리키며 말을 잇지
못했다. 개가 말을 하는 것과 잠긴 문을 열고 들어온 것 중 어
느 것이 더 놀라운 일인지 판단하기 어려웠다.

"열고 들어왔느냐고?"

생략된 질문을 태연하게 채워넣은 라이카는 "나에게 열리
지 않는 문이란 없어"라고 대답했다. 나중에 알게 된 사실이
지만 그는 벽을 통과할 수 있었다. 중력도 무시하고 은하계에
존재하는 백색과 적색의 모든 행성을 통과할 수 있었다. 라이
카는 죽은 개였다.

"우주선이 터졌을 때 산산조각난 내 몸은 지구를 축성하는
성수처럼 공중에 뿌려졌지. 그후 줄곧 떠돌아다니고만 있어.
젠장. 죽어서 나와보니 보시다시피 신도 없고 천국도 없고, 나
는 갈 데도 없고."

어딘가 익숙했다. 모니터에 떠오르는 이미지. 나는 라이카

를 알고 있었다. 그는 우리 같은 실험동물의 원조다. 1957년 10월 4일 소련에서 쏘아올린 스푸트니크 2호에 실린 라이카는 인간보다 먼저 우주로 나간 최초의 생명체다.

"난 삼백 년 뒤에 태어났어. 그러니까 당신 후손이지."

"어디 출신이야?"

"푸에르토바야르타. 미국에서 만들어져 멕시코에서 발사됐어."

"미국인이라면 여러 번 봤지. 금성 근처에서 난파한 우주선을 지날 때였나. 유리창에 백발의 늙은 남자가 보이더군. 완전히 미쳐서 벽만 핥아대는 중이었어. 왜 그러느냐고 물었더니 자기는 사실 달이 무섭다는 거야! 나 원 참, 그게 우주에서 할 말이야? 달에 가면 발광한다는 말을 들은 적이 있는데 도착한 순간 하필 그 말이 떠오르더래. 그후로 펑! 담당한 기계는 한 번도 오작동을 일으킨 적이 없었다는데 외려 엔지니어가 폭발해버린 거야."

"흥미로운 얘기네."

"응."

우리는 잠시 침묵 속에 서 있었다. 침묵을 깬 것은 역시 수다스러운 개였다.

"뭔가 맥락이 있어. 발광한 우주인, 사후에 떠도는 실험동물, 미래에서 부활한 냉동 포유류."

마지막 말은 나를 가리키는 것이었다. 나는 무릎을 낮춰 라이카의 눈을 마주보고 진지하게 물었다.

"말해봐, 라이카. 내가 기계야?"

"아니, 전혀."

"그럼 사람처럼 보여?"

"얼핏 보면 사람 같기는 해. 말도 하고 두 발로도 걷고. 하지만 백 퍼센트 호모사피엔스는 아니야."

"내가 죽은 걸까? 실례지만, 넌 죽은 상태잖아. 그런 너와 이렇게 대화하고 있다는 것 자체가 죽었다는 증거 아닐까?"

"하고 싶은 말이 뭐야?"

"여기는…… 어디야? 우주야, 사후야?"

라이카는 혼란스러운 내 눈동자를 들여다보며 사람이라면 절레절레 고개를 흔들었을 만한 동작, 즉 제자리에서 두 바퀴 돌기를 하고 담담하게 말했다.

"장소를 묻는 건 우리가 누구인지 묻는 것과 같아."

그는 기지개를 켜는 것처럼 몸을 쭉 폈다. 의미심장한 말을 뱉어놓고 내가 충분히 음미할 시간을 주겠다는 듯 짐짓 딴청을 부리는 몸짓이었다. 차차 알게 될 테지만 라이카에게는 연극배우 같은 면모가 있었다. 나처럼 오래 우주에서 혼자 떠돌았기 때문일까. 어쨌거나 웃기지 않은 농담을 들은 기분이어서 나는 어떤 표정을 지어야 할지 몰랐다.

"내 애완 벼룩 보여줄까?"

느닷없이 라이카가 화제를 돌렸다. 그가 내민 등짝에는 통통한 벼룩들이 즐겁게 뛰어다니고 있었다. 처음에는 보이지 않았지만 라이카가 목뒤, 오른쪽 앞다리 위, 옆구리에서 세 손가락 정도 더 왼쪽으로 내려간 부위, 마지막으로 꼬리 바로 위 등등 구체적으로 위치를 알려주어서 자세히 살펴보았더니 과연 한 마리씩 모습이 나타났다. 화성의 중력이 지구에 비해 작아서인지 벼룩의 도약은 높고 느렸다. 모두 네 마리인 벼룩에 우주 비행사의 이름을 따서 콜린스, 어윈, 슈바이카트, 올드린이라는 이름을 붙여놓았다고 한다.

"한때 넌 인간의 애완동물이었어. 그런데 지금은 애완 벼룩을 기르고 있네."

"너, 실험동물이 되는 두 가지 필수 조건이 뭔지 알아?"

라이카가 벼룩을 다시 털 속에 넣었다. 벼룩은 힘차게 피를 빨았다.

"영리하고 건강할 것. 주인이 없을 것. 나는 모스크바 시내를 떠도는 집 나온 개였어. 연구소에 흘러들어 배 터지게 먹을 때만 해도 운이 좋다고 생각했지. 정신 차려보니 전극이 달린 케이블로 온몸이 칭칭 감긴 채 우주로 날아가고 있는 거야. 젠장, 이게 로큰롤이지 뭐야!"

그는 데이비드 보위의 〈Space Oddity〉를 허밍으로 부르며 눈을 찡긋했다. 나는 로큰롤을 몰랐고 이것이 왜 벼룩을 기르는 이유인지도 알 수 없었고 데이비드 보위는 더구나 알 리가 없었다. 그런데도 고개를 끄덕였다. 이 모든 것을 꿈속의 일처럼 저절로 이해하게 되고 위화감 없이 받아들이는 것도 기이한 일이었다. 유령에 깃든 벼룩이라니. 그러니까 라이카가 산화했을 때 저 벼룩들도 흩어졌다가 우주 입자처럼 모여 즐겁게 피를 빨고 있다는 말인가?

"우린 여기가 어딘지 몰라. 화성이라고 믿고는 있지만, 어느 차원의 화성인지 모르잖아. 그냥, 생각을 너무 많이 하지 마."

개는 너그러운 눈빛으로 춤추는 벼룩을 바라보았다.

*

이번에는 그가 질문을 던질 차례였다. 라이카는 최신 지구 소식을 궁금해했다. 최신이라고 해봐야 몇백 년 전이지만, 어쨌든 난 그보다는 훨씬 많이 알고 있을 테니까.

이를테면 그는 연구소가 없어진 것을 몰랐다. 그를 우주로 보낸 연구원들은 모두 죽었다. 비윤리적인 동물실험에 반대해 전 세계에서 시위를 벌인 지구 곳곳의 동물 애호가들도 죽었다. 실험동물로 나란히 선발되었지만 최종 심사에서 탈락한 그의 친구 알비나도 죽었다. 소련도 죽었다.

"소련이 없어졌다고?"

라이카는 고국의 비극을 전해들은 망명자처럼 충격을 받은 모습이었다. 그는 사라진 소비에트에 향수를 품고 있었다. 냉전 시대의 우주인들은 대리 전쟁을 치렀고 라이카는 그들의 손에 의해 우주로 보내졌으니까. 그의 존재는 한동안 소련의 승리를 의미했다.

"내 얼굴이 담긴 기념 우표도 있었는데……"

넋이 나가버린 라이카. 아니, 넋만 남아 있다고 했던가.

나는 무거운 분위기를 바꿀 요량으로 달에서 화성까지는 어떻게 왔느냐고 물었다.

"죽었더니 쉽게 올 수 있던데. 그냥 네발로 걸어서 왔어. 달에는 산 사람이건 죽은 사람이건 우주인들이 바글거려서 도무지 조용하게 지낼 수가 없더라고. 처음 화성에 왔을 때만 해도 발자국 하나 찍히지 않은 완벽한 은둔지였지. 그래서 여기가 천국도 지옥도 아닌 연옥일 거라고 생각했어."

"연옥이 뭐였더라."

"세상에, 넌 단테도 안 읽었어?"

개는 기다란 혀를 빼물고 끌끌 찼다.

내 무릎까지밖에 오지 않는 이 시베리안허스키는 터무니없이 똑똑하고 신랄하다. 남의 무지에 놀라는 방식으로 지성을 드러내는 오만한 성품의 소유자이기도 하다.

"하긴 넌 내가 본 동물 중에서도 정말 희한하게 생겼어. 인간은 아니지만 인간처럼 멍청하고…… 아, 미안."

전혀 미안하지 않은 표정이었다. 어휘만큼이나 표정도 풍부한 이 개가 점점 싫어지려 한다.

"그런데 이 냄새 속에 있는 게 괜찮니?"

갑자기 라이카가 정색을 하고 코를 킁킁거렸다. 그는 열한 구의 사체가 누워 있는 캡슐을 향해 으르렁거렸다.

"넌 내가 개라는 점을 배려해줘야 해. 내 말은, 후각이 발달한 나한테 시취는 고문이라는 거야. 저렇게 두는 건 죽은 동료들에게도 예의가 아니지. 우리가 함께 지내려면 보다 쾌적한 환경을 만들어둘 필요도 있고."

언제 '우리'가 됐는지, 함께 지내기로 한 건지 알 수 없지만 일단 고개를 끄덕였다. 시간이 지나면서 깨달은 일이지만 라이카는 지시를 내리는 데 능했고 나는 지시를 받는 게 편했다. 우리는 일을 하기 시작했다. 라이카는 꼬리를 흔들며 컹컹거렸고, 그의 잔소리에 맞추어 내가 열심히 일을 수행했다는 뜻이다. 그에게는 화성에 먼저 온 경험과 네 다리가 있고, 나에게는 두 팔과 어리둥절한 정신뿐이니 그렇게 될 수밖에 없었다.

캡슐을 열어보니 나와 똑같이 생긴 클론들이 저마다 다른 정도로 부패되어 있었다. 문제가 생겨 캡슐 안의 냉각장치가 제대로 작동하지 않은 모양이었다. 보기 좋은 풍경은 아니었다.

내 얼굴을 한 죽음이 다양한 형태로 전시되어 있으니 말이다.

뼈만 남은 쪽은 그나마 덜했으나 아직도 눅진한 액체가 흐르는 사체에 손이 닿을 때는 저절로 진저리가 났다. 그럼에도 일을 하다보니 탄력이 붙어 실내의 구석구석을 청소했다. 우주선 안을 치우는 일은 지난 삼백 년의 시간을 정리하는 일이기도 했다. 부지런히 몸을 움직이자 일상 감각이라 할 만한 것이 돌아왔다.

창밖으로 오렌지빛 대기가 두터워지고 있었다. 어두워지기 전에 사체를 묻을 요량으로 해치를 열었다.

마침내 화성에 발을 디뎠다. 풍경 자체는 지구의 황무지와 크게 다를 바 없었다. 모서리가 뾰족한 돌, 윤곽뿐인 바위들, 구름 한 점 없는 살굿빛 하늘. 여기가 정말 화성인가? 구름이 없는 탓에 하늘은 무표정한 얼굴 같았다. 속을 알 수 없는 사람의 얼굴.

삽을 들어 흙을 팠다. 지구보다 입자가 고운 화성의 모래가 공중에 떠 있다가 천천히 가라앉았다. 얇고 넓게 판 자리에 시체를 한꺼번에 두고 다시 메웠다. 그 위에 착륙할 때 펼친 에어백을 잘라 덮었다. 감람석으로 보이는 묵직한 돌을 주워와 귀퉁이에다 눌러놓는 것으로 매장은 끝이 났다. 내 동료들, 열한 구의 클론은 결국 화성에 묻히기 위해 기나긴 우주 비행을 한 셈이다.

하늘에는 포보스와 데이모스, 생기 없는 두 개의 위성이 떠올라 있었다.

우주선으로 들어가보니 라이카는 조종석 아래에 자리를 잡고 잠들어 있었다.

나도 캡슐 속으로 돌아가 누웠다. 캡슐은 여전히 좋은 침대였다. 수면 모드로 바꾸는 순간 공기를 품은 부드러운 천이 부풀면서 몸을 감싸는데, 이 장치를 고안한 과학자는 예상하지 못했을 부수적인 장점이 또하나 있었다. 스킨십이 그리울 때 위안이 된다는 것이다. 천을 덧댄 공기 튜브가 몸을 지그시 눌러오면 보이지 않는 누군가가 나를 꼭 안아주는 것 같다.

우주처럼 쓸쓸한 곳에서 참으로 유용한 기능이 아닐 수 없다. 라이카에게도 이 기분을 맛보게 해주고 싶었지만 엄청나게 도도한 개라서 몸에 손이 닿는 것조차 싫어했다.

*

도착한 지 열흘이 지난 다음에야 라이카를 안아볼 수 있었다. 그날은 데이모스를 처음 만난 날이어서 이중으로 기념할 만했다. 우리는 그날 '에덴'을 보러 모처럼 우주선에서 먼 곳으로 나갔다.

"화성에서 가장 아름다운 물결사막이야. 에덴은 내가 붙인 이름이고. 가보면 내가 왜 그런 이름을 지었는지 알게 될 거야."

라이카는 뽐내듯 통통한 엉덩이를 흔들며 앞장섰다. 모래 위에서 처음으로 장시간 걷게 된 나는 조금 숨이 찼지만 불평하지 않고 그의 뒤를 따라갔다.

반나절 넘게 걸어가보니 조개 모양으로 팬 땅들이 나오기 시작했다. 낮은 구릉에는 섬세한 조각가가 새겨놓은 것처럼 기하학적인 무늬가 드리워 있었다. 군데군데 박힌 돌들은 금빛과 푸른빛, 검은빛으로 반짝거렸다.

"정말 아름답네!"

나는 붉은 모래를 손으로 만져보며 황홀해했다. 습기 없는 오렌지빛 모래가 천천히 내 물갈퀴 사이로 새어나갔다. 라이카가 내 손을 내려다보며 한심하다는 듯 혀를 찼다.

"물도 없는 별에 보내면서 무슨 생각으로 물갈퀴를 달아놓은 건지, 원."

그때였다. 멀리서 회오리바람이 불어왔다. '멀리'라고 생각한 것은 한순간이었을 뿐 정신을 차려보니 순식간에 모래 폭풍이 다가와 있었다.

"먼지 폭풍이야!"

라이카의 고함과 동시에 강풍이 우리를 에워쌌다. 겁결에 라이카를 끌어안고 주저앉은 채 폭풍이 지나가기만을 기다렸다.

중력이 약해서인지 먼지 폭풍의 위력은 기세에 비해 크지 않았다. 온몸에 두터운 흙을 뒤집어쓰기는 했어도 다친 곳은 없었다. 정신을 차려보니 라이카가 품안에서 다음부터 내 몸에 손을 대려면 꼭 허락을 맡으라고 쏘아붙이고 있었다.

"오, 이런."

내 품에서 내려오려던 라이카가 갑자기 멈추고 탄식했다.

"왜 그래?"

"너, 임신했구나. 암컷이었어! 정말이지 인간은 잔인해. 임신한 동물을 어떻게 우주로 내보낼 수 있어?"

머릿속이 새하얗게 변했다. 그 말이 잊고 있던 기억을 불러일으킨 탓이다. 하얀 빛이 한 점으로 모아지며 실험실 조명으로 변했다. 조명 속에서 나를 내려다보던 가운 입은 사람들, 닥터 리히노프스키, 그의 손에 들려 있던 주삿바늘이 떠오른다. 그러자 마음속에서 공포와 불안이 밀려오며 영화필름 같은 장면이 안개처럼 흐려지기 시작한다. 나는 의식적으로 다른 생각을 하려고 애쓰지만 순식간에 그간의 일들을 알아차린다.

누구와도 교미하지 않은 채 나는 수태한다.

"지구에서 무슨 실험을 당한 거야?"

모니터의 그래프, 나를 묶으며 눈물을 흘리던 마담 세실리아, 배란 주사는 아팠고, 임신은 단번에 성공하는 일이 아니었다. 지독한 시간 끝에 마침내 성공하자 그다음에는…… 기억은 거기에서 끊겼다. 말을 잇지 못하는 내 모습을 보며 라이카는 그럴 줄 알았다는 반응이다.

"'브레인워싱'이야. 쉽게 말해 넌 기억 삭제를 당한 거야."

정말이지 그는 모르는 게 없다. 게다가 위로할 줄도 안다. "기억이 없는 편이 살아가는 데 더 나을지도 몰라"라며 씁쓸한 표정을 지었다.

"날 보라구. 나는 다 기억해. 하나도 빠짐없이 전부 다. 떠돌이 시절이나 입양되었다가 쫓겨난 순간, 내 본명과 연구소 한구석에 놓인 철창, 제발 풀어달라고 짖었을 때 말 못하는 짐승이라며 무시하던 것(나 같은 달변가를 본 적이 있어?), 무거운 장비가 채워지던 순간의 압력, 불이 난 우주선을 공포에 질려 보았던 것. 난 타 죽은 거야! 맙소사, 발사된 지 일곱 시간도 안 돼 하늘에서 가루가 되어버린 거지. 이 끔찍한 기억이 남아 있는 것보다는 차라리 백지인 게 인도적인 일이야."

라이카는 자기 비극에 도취되어 으르렁거렸다. 원한에 찬 목소리를 들으며 나는 본능적으로 배를 감싸쥐었다. 안에서 아무런 움직임도 느껴지지 않았다. 정말로 임신이 맞는 걸까? 내가 인간인지 동물인지조차 모르는 마당에 엄마가 된다면 얼마나 이상한 일인가.

"나도 암컷이었어. 내 후손들은 여전히 지구에 살고 있겠지."

라이카는 쓰디쓰게 말했다.

우리는 각자의 복잡한 생각에 사로잡혀 말없이 우주선으로 돌아왔다. 도중에 이상한 물체가 눈에 띄어 발걸음을 멈춘 순간을 빼고는 말이다.

먼지 폭풍 때문에 파묻힌 무언가가 모습을 드러낸 것이다. 발에 걸려 넘어질 뻔하지 않았다면 그대로 지나갔을 만큼 눈에 띄지 않는 철덩어리였다. 얼핏 보기에 세탁기에 호스가 달린 모양새였다. 내가 다가가자 라이카는 목소리를 낮추며 얼른 파보라고 신호를 보냈다.

별다른 도구가 없어 시간이 많이 걸렸지만 꺼내고 보니 내 키의 절반, 몸통의 두 배쯤 되는 탐사로봇이었다. 초경량 재질로 만들어졌는지 그다지 무겁지 않았으나 모서리가 찌그러지고 레일이 바퀴에서 빠져 있었다. 전원은 완전히 꺼져 있었다. 고장난 것 같다고 말하자 라이카는 로봇의 뒷면을 가리켰다.

"으이구 인간아, 아니 인간이 아니던가? 아무튼 넌 팔이 있고 손이 있잖아. 저기 반들반들 판때기 보이지? 저길 닦으라고."

그가 말한 곳은 먼지가 두텁게 쌓인 태양 전지판이었다. 라이카는 화성에 먼저 도착한 이민자 선배, 나는 이제 막 도착한 신참이나 다름없었다. 개의 지시에 따르는 것은 전혀 거리낄 것이 없었다. 나에게는 인간으로서의 자의식이 없고 라이카에게는 동물로서의 자의식이 없었기 때문이다. 오히려 할일을 만들어주고 지시하는 그가 좋았다. 손발을 놀리다보면 머리가 터지도록 생각이 밀려오는 것을 막을 수 있었으니까. 나는 끼고 있던 장갑을 벗어 뒤집었고, 걸레삼아 기계의 먼지들을 닦아내기 시작했다.

*

탐사로봇의 무게는 내 몸무게의 절반쯤 된다. 초경량으로 만들어졌기 때문에 지금처럼 자주 뒤집혔을 것 같다. 우리는 먼지를 닦아낸 뒤 볕이 잘 드는 곳에 탐사로봇을 세워두었다. 그러고는 얼마 안 가 잊어버렸다. 죽은 화분을 놓고 잊어버린 것처럼.

어느 날 우주선 안에 말러 교향곡 5번(라이카가 말해줘서 알았다)이 가득 울려퍼져 눈을 떠보니 로봇에 불이 들어와 있었다. 단지 불이 들어오고 소리가 날 뿐인데, 로봇은 사물에서 단숨에 생물이 된 듯했고, 전신에서 활기가 넘쳐흐르는 느낌이 들었다.

"인사가 늦었군요."

예의바르고 깍듯한 기계음. 구사하는 어휘도 음의 고저도 자연스러웠을뿐더러 앞면에는 '얼굴'이라고 할 수 있는 빛이 들어와 있었다. 입은 없지만 네온으로 된 눈이 커지거나 점으로 줄어들면서 감정을 표현했다. 나는 무릎을 약간 굽혀, 그의 '눈동자'에 해당하는 부분과 눈을 맞췄다.

"데이모스라고 합니다. 위성의 이름을 따서 붙인 거죠."

"그러면 포보스도 있나?"

라이카가 알은체를 하자 로봇의 눈이 텅스텐 빛깔로 바뀌며 가늘고 길어졌다.

"그는 추락했어요. 신호가 끊긴 지 오래되었습니다."

데이모스는 잠시 사이를 두었다가 지나간 일들을 들려주었다.

쌍둥이 로봇은 개척자이자 실험실, 사진가였고 함께 붉은 대지 위를 돌아다니며 지평선 끝까지 헤매고 다녔다. 그들은 이인조였기 때문에 한쪽이 위기에 처하면 다른 한쪽이 구했다. 지구에서 예상한 수명의 다섯 배를 넘기며 임무를 수행하는 동안 이들은 강한 유대감으로 연결됐고 지능도 점점 높아졌다. 하천 계곡의 그물 조직, 엘리시움 고원의 모습, 발레스 마리네리스의 흙더미, 물의 흔적을 찾아 헤매고 다닌 자신들의 발자국까지 이들은 부지런히 사진을 찍어 지구에 보냈다.

그다음에는 우주에서 모아온 소리를 재생해 함께 들었다. 어쩌다 우주선의 교신이 걸려들 때는 무척 기뻤다. 쌍둥이 로봇들은 자신들이 데이터를 전송하는 푸른 별에 막연한 애정을 품고 있었다. 그들은 '애정'이라는 말을 알았고 '그리움'이라는 말도 알았다. 그것은 끝없이 한 방향으로 데이터를 송신하는 행위였다.

쌍둥이 로봇의 사진은 과학자들의 '서랍' 속에 차곡차곡 저장되어 언젠가 화성에서 착용하기 좋은 헬멧, 장갑, 장화로 바뀔 것이다. 목록은 늘어갈 것이며 애리조나나 뉴멕시코 어딘가에 모의 화성이 생겨날 예정이었다. 거기에서 인류는 예행연습을 할 것이다. 장화를 신고 모퉁이를 돌며 유사 중력을 몸에 익히겠지. 포보스와 데이모스가 보내준 데이터를 바탕으로 만든 기구와 제품을 이용해서.

쌍둥이 로봇은 머나먼 지구에 자기 집을 장만해둔 사람처럼 모의 화성에 대한 이야기를 지치지 않고 주고받았다. 지구로 귀환해 상징적인 존재로 살아갈 은퇴 이후의 계획도 포함되어 있었다. 숭배를 받으며, 자신들이 개척하고 만들어낸 안락한 모델하우스에서 노년을 보낼 것이다. 그리고—

"우표로 만들어지는 거지."

라이카가 불쑥 끼어들었다. 비웃음이 묻어나는 날카로운 어조가 데이모스의 공상을 깨뜨렸다.

"장담컨대 그런 일은 없어. 이봐, 인간은 길어야 백 년 산다고. 한두 세기 가지고 무슨 화성 이주 계획을 실현하겠어? 인간의 1세대는 늘 꿈을 꿔. 배를 타고 신앙의 자유를 좇거나 황금을 찾아 낯선 땅으로 떠나는 거야. 마침내 정착하고 아들이 물려받아. 기름진 땅에는 번영이 이뤄지겠지. 그들의 아들이나 아들의 아들쯤 되면 과실에 취해 유약해진단 말이야. 인간에게 성공이란 중력이 줄어드는 것과 같아. 오 분의 일 정도의 중력만 받고 산다면 키는 크겠지만 뼈는 약해지겠지. 그래서 아무데도 가지 않아. 기왕에 만들어진 세계를 탕진해버리면 저들끼리 전쟁이 시작된단 말이야. 그러면 여기 화성처럼 황무지가 되는 건 순식간이야. 자, 이 스토리에서 너희들의 역할이 뭐일 것 같아? 너희는 1세대의 야망 때문에 태어나서 2세대까지는 부지런히 메시지를 전송하겠지. 3세대쯤이면 잊히기 시작해. 화성 기금 같은 게 있으면 전쟁 비용에 벌써 써버렸을걸? 너희가 보낸 전파도 지구 어딘가에 고스란히 고여 있을지 모른다고. 받을 사람이 없어서 말이야. 그러니까 진실은 이거야. 쓸데없는 의무에서 벗어나도 돼. 고감도 안테나를 세우는 데 전력을 낭비하지 말고 차라리 화성의 돌이라도 하나 치우는 게 나아. 더이상 돌아다니지 말고 여기서 우리와 지내자."

"……하지만 유랑은 나의 습성이 됐는걸."

라이카의 장황한 설득에 압도된 데이모스는 변명처럼 작은 목소리로 말했다.

"이상하리만치 인간 말투를 쓰는구나! '습성'이니 '유랑'이니 하는 말이 로봇에게 가당키나 해? 돌무더기나 헤치고 다니는 게 좋으면 그렇게 해. 근데 여기 임산부가 있단 말씀이야. 혹시 의료 기능 같은 건 없어?"

"생명체를 발견할 경우에 대비한 바이오 프로그램이 있어. '닥터'라고 통칭하는."

"잘됐군. 이 친구 상태 좀 봐줘."

라이카는 나를 앞으로 밀었다. 나는 우물쭈물 어쩔 바를 몰랐다. 데이모스의 호스 같은 팔이 늘어나더니 집게형의 손이 나를 끌어당겼다.

"한 방울이면 돼."

따끔한 통증에 이어 그가 내 피를 뽑아갔다. 내부에서 팬이 돌아가는 듯한 소리가 들려왔다.

"십이 주. 잘 자라고 있어. 칠 개월 후에 출산할 것 같아."

"거 잘됐군! 아무것도 없는데 출산이라."

"아래쪽 지대에는 되도록 가지 마. 방사능이 나오고 있으니까. 내부 얼음이 가열돼서 나오는 수증기를 봤어."

"수증기? 얼음? 그럼 화성에 물이 있다는 거야?"

"아직은 샘에 불과하지만 물은 있어."

이 엄청난 소식에 시베리안허스키는 부르르 몸을 떨고 잠시 침묵을 지켰다. 냉철함을 회복한 라이카가 전임자다운 목소리로 지시를 내렸다.

"이봐, 데이모스. 네가 말한 건 아주 중요한 정보야. 물이 있으면 언젠가 여기가 지구처럼 될 수도 있단 소리잖아. 한마디로 좋을 게 하나도 없지…… 하지만 그건 먼 얘기고, 난 유령이고 넌 기계니까 상관없지만 얘는 아니란 말이야. 먹고 마시고 부양해야 할 육체가 있다고. 게다가 새끼까지 태어나면…… 어휴, 골치 아프군. 하여튼 내가 없는 동안 네가 얘를 잘 지키란 말이야. 넌 투덜대지 않고 동작도 빠르니까 좋은 보모가 될 거야. 또 뭐, 할 줄 아는 거 있어?"

대형견이 순식간에 정보를 분석하고 판단하여 결정을 내리는 모습을 보고 있자니 기분이 묘했다. 임신 사실을 안 다음부터 라이카는 내가 자신의 딸이나 되는 것처럼 살뜰히 돌봐주면서 온갖 시중을 다 들어주었다. 그가 내게 쏟은 정성을 생각하면 어머니 없이 태어난 나를 위해 하늘에서 보내준 존재처럼 보일 정도다. 이런 신학적인 발상에 연구원들은 전혀 동의하지 않을 테지만 말이다.

데이모스에게 십이 주라는 말을 들은 다음부터 몸이 바뀌기 시작했다. 쏟아지는 잠과 불면이 번갈아 찾아왔고 캡슐에 드러누워 지내는 시간이 늘었다. 조금씩 부풀어오르는 배를 보고 있으면 빛을 받아 차오르는 달 같았다. 임신 사실을 몰랐다면 화성에 신체가 적응하는 변화라고 생각하고 넘어갔을지도 모른다.

친구들이 우주선 아래에 달아준 해먹에서 하루에도 몇 번씩 낮잠을 잤다. 뱃속의 아이가 기분좋게 몸을 흔들면 즐거운 진동이 내 몸 가득 따뜻한 동심원을 그렸다. 파동이 밖으로 밀려나와 입에도 미소가 생겨났다. 웃음이 내 얼굴에 새로운 지도를 만들고 있었다. 하지만 그것도 잠시, 수시로 눈물이 흘러내렸다. 어리둥절할 만큼 빠르게 변하는 감정이 실험 탓인지, 아니면 새끼를 가진 어미가 겪는 자연스러운 본능인지 구별할 수가 없었다.

데이모스는 내 상태를 두고 '호르몬 두뇌의 지시를 받는 것'이라고 정의 내렸다. 입덧이 시작되자 라이카는 '어떻게 개보다 더 냄새를 잘 맡냐'고 투덜거렸지만 데이모스는 '향상된 역겨움 민감성'이라고 말했다. 변기를 붙잡고 구역질을 하느라 둘의 목소리는 잘 들리지 않았지만 말이다.

"루는 에스트로겐이 삼십 배 높아졌어. 그러니 어쩔 수 없지."

"그건 인간일 때 얘기고 쟤는 진화한 버전이라고 했잖아. 근데 저런 건 왜 나아지지 않았냐 이거지."

과연 내가 영장류 암컷에서 진화한 버전일까? 이 격렬한 감정은 오로지 호르몬에서 유래한 것일까? 그러나 나의 감정은 진짜이고, 진실이다. 알 수 없는 세계에 알 수 없는 존재로 내던져진 내가 스스로에게 분명히 해두는 소리였다. 이 감정은 진실이다. 나만의, 나만의 고유한 진실.

어느 날 데이모스가 태아의 심장소리를 들려주었다. 데이모스의 팔은 못하는 것이 없다. 반쯤 영생하는 이 기계는 영구히 노동하도록 프로그래밍되어 있다. 온 기능을 다해 우리를 돌보고 이제는 아이의 심장소리까지 들려준다. 아이의 심장소리, 그 소리는 우리에게 전속력으로 달려오는 작은 우주선 같았다.

"이보다 더 큰 소리는 들어본 적이 없어."

라이카는 시적으로 감격을 표현했다.

그사이 라이카와 데이모스는 샘을 정비해 '우물'로 만들었고 나흘에 한 번꼴로 내려가 십 리터 정도의 물을 길어 탱크에 채우기 시작했다. 데이모스가 검사해본 결과 안전하다고 했지만 라이카는 아직까지 그 물을 나에게 먹이지 않고 있다. 그는 안절부절못하는 방식으로 나를 챙겼다. 산달이 멀었는데도 자기가 아끼는 네 마리의 애완 벼룩마저 몸에서 뽑아내어 통 속에 따로 둘 정도였다.

"친구를 버릴 순 없지만…… 산모와 아기에게 안 좋을 수 있으니 너희들은 여기에 있도록 해. 이따금 피를 빨 수 있게 해줄 테니 섭섭해하지는 마. 이제 슬슬 꼬맹이 맞을 준비를 해야지!"

이 폐허가 더이상 냉혹하게만 보이지 않는 것은 라이카와 데이모스가 생활이라는 리듬을 만들어주었기 때문일 것이다.

*

나는 그늘막 아래 옅은 졸음에 빠져 있었다.

겉면에는 의식이 들어 있지만 그 안쪽으로 여러 꿈이 지나가는 상태였다. 꿈과 의식 양쪽으로 두 사람의 목소리가 스며들었다. 꿈속에서 구름을 보았는데 화성에서 볼 수 없는 풍성한 깃털 모양이었다. 피어오르는 구름을 올려다보는 동안 옆에서 친구들의 목소리가 들려왔다.

"세 척의 배."

"알고 있어. 몇 명이나 되는 것 같아?"

"많아."

"지금 내려오는 거야?"

구름은 우주선 모양으로 바뀌었고, 유리창 너머에는 체내 박동 조율기를 단 우주인들이 착륙할 준비를 하고 있었다. 계속되는 대화에 따라 꿈속의 이미지가 달라졌다. 주로 라이카가 묻고 데이모스가 대답하는 식이었다.

"인간이야?"

"그래, 인간. 하나, 둘, 셋, 넷…… 줄잡아 칠십 명쯤 되는 것 같아."

행성을 파괴하러 인간이 오고 있다. 세 척의 배에서 칠십여 명의 인간이 화성에 착륙한다. 살아 있는 인간은 무서운 존재다. 철창이 떠올랐다. 실험동물인 내 존재가 저들에게 알려지면 어떻게 될까? 나를 죽이고 내 아기를 데려가버리지 않을까? 그러려고 이 먼 곳까지 온 것일까? 이 미래는 어떻게 막을 수 있을까? 인간이 오기까지 얼마나 시간이 남은 거지? 심장이 뛰는 건지 아이가 뱃속에서 발을 구르는 것인지 속이 쿵쿵 울렸다.

"우물은 어떡하지?"

먼지 위에 길게 나 있는 바큇자국. 레일 모양의 자국이 흙 위에서 일어나 채찍으로 변하더니 이내 데이모스의 기계 팔로 바뀐다. 어느 순간 내가, 열려 있다. 데이모스가 내 탯줄을 자른다. '소독을 하기 위해 지질 거야.' 그러나 출산으로 넋이 나간 나는 아무런 고통도 느끼지 못한다.

우리는 바닷가에 있다. 빙하가 떨어지면서 탕! 총을 쏘는 것처럼 커다란 소리를 내는 곳이다. 몇백 년 동안 몸을 부풀린 빙하가 물속으로 들어가고 아이는 내 몸 밖으로 나왔다. 갓 태어난 아이가 제 피에 젖어 새빨갛다. 라이카가 껑충거리며 기뻐하고 아이를 핥아준다.

"한 아이가 태어났도다!"

"그게 무슨 소리야?"

"가장 웅장하고 간결한 복음. 넌 한나 아렌트도 안 읽었어?"

얄밉게 말하는 라이카.

우리는 바닷가로 내려간다. 빙하가 떨어지는 바다에 아이를 씻으러 간다. 차가운 물이 닿자 아이가 울음을 터뜨리며 내 품에 파고든다. 작은 손에 엷은 막처럼 끼어 있는 투명한 물갈퀴를 보다가 문득 나는 물속으로 들어가고, 아이를 배 위에 올려놓은 채 피를 씻긴다. 물고기들이 춤을 춘다. 막 태어난 아이가 물고기처럼 수영을 한다. 이 모든 것이 꿈이라는 것을 알지만 중단하고 싶지 않아 더 깊숙이 눈을 감는다.

"우물을 들키면 어떻게 되는 거지?"

현실에서 들려오는 낮은 목소리. 다시 꿈으로, 다시 한번 꿈으로 달아나자. 인간이 없는 세계로.

바다에 하얀 주름이 잡혀 있다. 주름이 내 쪽으로 밀려오고, 나는 하얀 주름을 자꾸 타넘는다. '파도.' '뭐라고?' '바다의 주름, 그거 이름이 파도라고. 요 맹추야.' 갑자기 라이카와 나의 대화가 이어지고 있다.

"여기가 실제 화성이라면 너는 캥거루처럼 뛰어다녀야 해.

시력도 나빠져 있어야 하고. 무엇보다 영하 62도에서 어떻게 살아 있느냐고. 여긴 화성 비슷한 세계겠지. 그러니까 나쁜 일이 생겨도 진짜는 아니야."

또다른 라이카의 말이다. 다른 우주, 다른 라이카. 여러 차원이 겹치면서 시간과 공간이 휘어지고 꿈과 사후가 뒤섞이는 별. 결국 분열 직전의 나는 잠이 떠미는 대로 깨어날 수밖에 없었다.

눈을 떠보니 라이카와 데이모스가 여전히 내 옆에 있었다.

"나, 꿈을 꾸었어. 아이를 낳는 꿈."

두서없이 꿈 이야기를 늘어놓았더니 데이모스가 화성에 바다가 생기는 것은 천 년 뒤에도 일어나기 힘든 일이라고 했다. 내가 본 것은 미래일까?

"우주선은? 칠십 명의 우주인들이 세 척의 배에 나눠 타고 착륙할 거라고 했잖아."

"아직도 잠꼬대야? 걱정 마. 여기엔 우리밖에 없어."

그 말에 캡슐 속에 안겨 있을 때처럼 안도의 한숨이 나온다.

나는 청금색으로 빛나는 예쁜 돌 하나를 주워 손바닥에 올려놓고 들여다보았다. 어디선가 검은 비닐봉지가 날아가는 듯한 소리가 들려왔다. 우주선 너머 작은 화산의 실루엣이 희미하게 보인다. 나는 이 모든 풍경에, 익숙한 이미지와 친구들로 이루어진 내 둥지에 와락 안심이 된다. 그러자 너로 인해 발생한 나의 말, 다정한 말을 아이에게 건네고 싶어진다.

"나는 온 우주에서 오직 너만을 걱정한단다, 애야. 모든 별
은 어머니이고 우리는 춥지 않단다."

아이는 태어날 것이다. 나 말고 이모가 둘이나 더 있으니 걱
정할 것이 없다. 만삭의 배를 어루만지며 이런 말을 읊조리자
데이모스가 자기 성별이 여성이냐고 되묻는다. 라이카가 윙크
하듯 귀를 쫑긋 세운다.

소리에 화답하듯 배가 한 번 꿈틀거렸다.

마야

나는 지구인인 조 버든에게 모든 것을 털어놓기로 마음먹었지만, 시작 지점을 어디로 해야 할지 몰라 헤엄만 치고 있다. 그러니까 생각이 날 때마다 넓어지고 길어지는 이 얘기는 두서가 없을 것이다. 일곱 나라의 지구 언어를 익혀왔기 때문에 단어가 모자라거나 문장을 꾸릴 줄 모르는 것은 아니다. 다만 밀려오는 감정에 맞는 입술의 대문을 열 수가 없었다. 나는 쉼표가 여러 번 들어간 문장으로 말문을 열었다.

먼저 어머니의 죽음이 있었고, 그다음에 나의 출생이 있었다.

그전에는 우주인의 공격이 있었고, 그전에는 우물이 있었다.

그전에는 쿠키처럼 구워진 별들이 노란 태양을 따라 천천히 돌고 있었다. 이런 식으로 말하면 모든 이야기의 끝은 쿠키처럼 바싹 구워지다 부서져버리는 별의 모습이 되고 말 것이다. 그렇지만 그 이야기 속에는 내가 없다.

내가 할 수 있는 이야기는 내가 나오는 이야기뿐.

나는 망설이고 있었다. 밖에서는 끈질기게 말을 걸어왔다. 그들은 나직하지만 조바심이 느껴지는 목소리로 재촉했다.

"애야, 내 목소리 들리니?"

물론이다. 전부터 들어왔으니까. 엄마가 말해주었기 때문에 둘의 음성을 구별할 수도 있다.

나는 포궁 속에 있다. 좁지만 웅크려 있기에 충분했고, 내가 원하는 만큼만 어두웠다. 삼백 년 이상 엄마와 나, 둘뿐이었지만 그런대로 잘 지냈다. 엄마가 나를 가진 채 우주를 가로지르는 동안 나는 죽지 않을 만큼 영양을 섭취했고, 지식도 섭취했다. 엄마가 나를 보지 못하고 죽어버린 것이 유감이다. 얼마나 똑똑한 딸이 나왔는지 보여주고 싶었는데.

내가 태내에서부터 완벽한 문장을 구사할 수 있었던 것은 DNA 조리법에만 기인하지 않는다. 오히려 냉동된 채 우주를 가로지른 시간이 스며들었다고 보는 편이 좋을 것이다. 눈 코 입이 없는 덩어리였을 때부터, 실핀처럼 가느다란 척추와 콩보다 작은 뇌를 가지고 있던 시절부터 나는 얼지 않은 지성을 인지했다. 생각은 안개처럼 옅고 형체가 없었지만 그래도 예감의 형태로 존재했다. 그래서 언젠가 이런 순간이 올 줄 알고 있었다. 내가 태어나는 순간, 엄마의 바깥으로 나가는 순간 말이다. 그때가 되면 당연히 나를 위해 준비된 세상으로 나갈 것이었다. 그러나 막상 탄생이 다가오자 망설여진다.

"제발 좀 나와보렴."

조심스러운 노크처럼 라이카는 앞발로 배를 톡톡 두드린다.

"힘을 주고 산도를 찾아봐. 내가 이 방향으로 밀어볼 거다."

데이모스의 연산에 '다정함'이 추가되었을 거라고 생각한다. 그는 온기어린 기계음으로 내가 할 일을 지시하고 있다.

그렇지만 엄마가 죽은 마당에 굳이 태어나야 할까? 이대로 양수 속에서 익사하는 것이 최선이 아닐까? 내 몸은 이 순간에도 엄마의 영양을 흡수하고 있다. 심장이 멈춘 후에도 멈추지 않는 탯줄의 진동. 하지만 곧 침묵하겠지. 나 역시 침묵한다면 뱃속은 아늑한 관이 될 것이다. 쇼펜하우어를 읽기 전부터 나는 염세주의자였다. 죽은 엄마의 포궁 속에 웅크린 몇 분이 나를 그렇게 만들었다. 하지만 쇼펜하우어는 자살하지 않았고 나 또한 그럴 것이다.

그래도 일단 투덜거려보았다. 마이크가 없다고 무대에서 떠드는 사람처럼.

"거기에는 하늘이 없잖아."

"있어. 지구처럼 파란색은 아니지만 살구색 하늘이 있지."

"먹을 것도 시원찮고, 물도 없잖아."

"걱정 마라. 먹을 건 충분한데다 우린 말이지— 놀라지 말아라, 우물도 있단다."

라이카는 백만장자 같은 말투로 거들먹거렸다. 오케이, 물이 있다면 얘기는 달라진다. 그렇지만, 그렇지만……

"엄마가 없잖아."

"그건 그렇지."

옆에서 데이모스가 인정한다. 내가 처량한 우주 고아 신세라는 것을 말이다.

"거참, 더럽게 말이 많네. 그만 떠들어대고 썩 나오지 못해!"

라이카가 참지 못하고 컹컹거리는 바람에 대화는 중단됐다. 깜짝 놀란 내가 고개를 쑥 내밀었는데, 그 바람에 문이 열렸다. 뒤이어 무지막지하게 눌러대는 압력 때문에 몸을 비틀었고 그것으로 끝이었다. 그러지 말았어야 했는데.

첫걸음은 폭발적이다. 그다음엔 데이모스의 팔에 잡혀 로켓에 탑재된 화물처럼 나머지 몸도 주르륵 밀려나왔다. 제기랄, 나는 연극 무대에서 아기라는 배역을 맡은 것같이 기어이 태어나고 만다. 울음이 터졌다. 볼품없는 여느 신생아처럼.

"됐다, 정말 잘했어!"

라이카는 정신없이 꼬리를 들까불며 보드라운 혀로 나를 핥았다. 간신히 눈을 뜨자 검은 털에 뒤덮인 라이카의 눈동자와 마주쳤다. 뒤이어 데이모스의 금속 팔이 탯줄을 잘랐고, 리넨 같은 흰 천으로 내 몸을 둘둘 감았다. 삼백 년을 기다려온 탄생은 그렇게 시시하게 끝이 났다.

춥다. 화성이 춥다는 말은 많이 들었지만 이렇게 살벌하게 추울 줄은 몰랐다. 이러다 얼어죽는 거 아냐? 방금 전까지 사산될 궁리를 하던 내가 이제는 얼어죽을까봐 걱정하고 있네! 어어, 왜 도로 이불을 벗기는 거지?

정신을 차려보니 목욕통 안에 들어 있었다. 온도가 어찌나 안성맞춤으로 따뜻한지 양수 속으로 돌아왔나 착각했을 정도다. 나는 흐물흐물 기분이 풀어져서 칭얼대는 소리마저 그쳤다. 피와 오물이 씻겨나간 뒤 다른 깨끗한 물속에 옮겨진다. 그러자 귀 뒤의 아가미가 간질간질했다. 자라면서 이 빌어먹을 아가미 때문에 죽도록 잠수 훈련을 하게 될 테지만 미래를 몰랐던 꼬마 마야는 그저 기분이 좋았을 뿐이었다.

마침내 목욕을 마치고 아기 침대에 눕자 라이카가 자신의 빠진 털을 모아 만든 애착 인형이 눈에 띄었다. 고소를 금할 수가 없다. 인형이라니, 나는 태어나기 전부터 많은 단계를 건너뛴 수재란 말이다! 이를테면 현재 궁금한 것은 이것이다. 왜 우주선 창문들은 다 동그란 것일까? 답을 아시는 분?

"너희에게 가장 부러운 게 뭔 줄 알아?"

금속 손으로 내 몸에 보드라운 이불을 덮어주면서 데이모스가 말을 걸었다. 차차 알게 될 사실이지만 데이모스는 나를 어린애 취급하지 않는다. 그래서 이 깡통이 좋다. 반면 라이카는 화성을 떠나는 순간까지도 나를 어린애 취급했다. 그래서 이 털북숭이가 좋다. 둘 다 피부는 맘에 들지 않는다. 하나는 딱딱하고 하나는 뻣뻣하니까.

"전능한 로봇께서 나 같은 핏덩이에게 부러울 게 뭐가 있담."

나는 데이모스의 질문에 최대한 비꼬는 투로 대답했다. 빈정거리면 뭔가 어른스러워 보이지 않나? 그러나 아무리 건방지게 굴어도 데이모스는 언성을 높이지 않는다. 반면 라이카는 무섭다. 무례하게 굴면 콱 물어버릴 거라고 으르렁거리니까. 까불고 싶으면 데이모스에게만 까불어야 한다는 것은 태어난 첫날부터 알았다.

"여기."

아무려나, 내 복잡한 속내를 알 리 없는 데이모스는 삼등신에 가까운 나의 몸 한가운데를 살짝 눌렀다.

"배꼽?"

"그래, 배꼽. 엄마와 이어져 있던 증거. 꼭 쉼표처럼 생겼네."

"당신은 충전 케이블이 있잖아."

"그건 탯줄과 달라. 자, 받아."

"이게 뭐야?"

"어린 돌. 네가 태어난 날 같이 태어난 돌이야. 하늘에서 떨어졌지."

*

어린 돌은 내 동생 같은 거라 지금도 목걸이로 만들어 걸고 있지만 말은 하지 못한다. 내게 주어진 세상은 개와 로봇과 함께하는 오렌지색 황무지뿐이다.

나는 무럭무럭 자랐다. 군장을 하고 제우스의 머리에서 태어난 아테나처럼 태어날 때부터 목을 가누고 의사 표현을 했으며 한 달 만에 직립해 걸었다. 가르쳐주는 것을 잘 익히는 학생이었고 발육 속도가 남다른 아이였다. 삼백 년이나 태내에서 보내야 했던 세월을 벌충이라도 하듯이 부지런히 먹고 움직이며 안팎으로 척척 자라났다.

"인간이 아닌 건 확실해. 아마도 화성의 인구수를 늘리기 위해 유전자를 조작했을 거야. 그러니까 보급형 생물체인 거지."

라이카는 내 성장 속도에 감탄하듯 이렇게 말했다. 내게 들리는 데서 내 품평을 아무렇지도 않게 하는 무심한 성격이지만 난 신경쓰지 않는다. 라이카는 '우리 애가 어른 말을 귓등으로 듣는 말괄량이에 얼굴도 못생겼지만 냄새만은 그런대로 괜찮은 편'이라고 말하곤 했다.

'냄새가 좋다'는 건 라이카의 최고의 칭찬이다. 벼룩을 기르는 것도 '개다운 좋은 냄새'를 유지하기 위해서라고 했다. 라이카는 나를 얼마나 사랑했던지 심지어 애지중지하는 이 벼룩까지 주고 싶어했다.

"어윈, 슈바이카트, 올드린, 이 셋 중에 뭐든 맘에 드는 대로 골라 가져. 콜린스만은 안 돼. 아무리 너라도 콜린스는 줄 수 없어."

"벼룩 따윈 됐다구, 이 주책맞은 아줌마야!"

내가 거절하자 라이카는 이해가 가지 않는다는 듯 고개를 좌우로 기울이며 제자리에서 한 바퀴 돌았다.

화성에서의 유년은 짧았다. 마야—내 이름이다—는 두 살부터 식물을 돌보고 '태고 수프'의 물을 갈아주었으며 홈스쿨링을 하고 수영도 배웠다. 내가 가장 좋아한 시간은 화석 발굴 여행이었다.

우리는 종종 우주선을 떠나 화성의 이곳저곳으로 캠핑을 갔다. 데이모스가 지도에 표시해둔 지점까지 이동해 며칠을 머무르면서 지형을 조사하는 것이다. 내가 태어나기 전, 그리고 라이카가 화성에 도착하기 전, 데이모스는 이런 식으로 탐사를 하다 우물을 발견했다고 한다. 천만다행히도 이 신호를 우주에 보내기 전에 고장이 나는 바람에 우리가 무사히 살아갈 수 있는 거지만.

데이모스는 지난 일들을 들려주며 돌아다니다보면 귀중한 연구 자료를 많이 찾을 수 있다고 말했고, 내가 생겨난 지금은 더더욱 적극적인 연구가 필요하다고 했다. 라이카는 후각을 이용해서, 데이모스는 레이더를 이용해서 탐사를 하고 난 그 옆에서 모래놀이를 하거나 나만의 수집품을 모으곤 했다.

우주선 주변에서는 볼 수 없는 색깔 있는 암석을 볼 때마다 하나씩 모으던 것이, 몇 년 지나지 않아 다양한 컬렉션이 되었다. 물론 돌만 모으는 것은 아니다. 뼈들이 넘쳐나는 황무지를 헤매다보면 여기가 화성이 맞나 싶다. 하긴, 물도 나오는 마당이니 엄마가 알고 있던 별이 아닌 것은 확실하다.

데이모스는 나에게 화석을 발굴하는 방법을 가르쳐주었다.

"일단 화석을 찾을 수 있도록 도와줄게. 그렇게 두꺼운 막대기로 아무데나 쿡쿡 쑤셔댄다고 나오지 않아. 자자, 화석 발굴이란 자전거처럼 한번 배워놓으면 영원히 잊지 못하는 법이지."

데이모스는 지구인처럼 나를 대하는 게 문제다. 자전거는 화면에서밖에 본 적 없는데 대체 무슨 소린지. 자전거를 타본 적은 없지만 낚시라면 해본 적이 있다. 화석을 찾는 일은 낚시와 비슷하다.

다섯번째 여행에서 월척을 낚았다. 가벼운 마음으로 이곳저곳을 돌아다니다 예사롭지 않은 돌을 발견한 것이다. 거꾸로 처박혀 있던 이 암석은 한 번도 본 적 없는 색과 촉감을 가지고 있었다. 데이모스에게 보여주었는데 눈에서 레이저가 나오는 줄 알았다. 우주선으로 돌아온 즉시 실험실에 틀어박혀 살던 데이모스가 마침내 엄숙하게 선언했다.

"이건 진화의 비밀이 담겨 있는 카탈로그야."

그는 육십 센티미터쯤 되는 암석을 가리키며 말했다. 표면은 먼지 한 톨 없이 손질되어 있었다.

"우물이 있으니까 우린 다원식으로 시작할 수 있어. 잘하면 조물주가 될지도 모르겠군. 마야가 굉장한 걸 찾았어."

"잘난 척 그만하고 알아듣게 말해줄래?"

라이카가 핀잔을 주자 데이모스는 과학적 설명을 곁들여 자기의 계획을 말해주었다.

"미생물이 나왔다고. 더 중요한 것은 표본이 될 만한 화석들이 케이크처럼 층층이 들어 있다는 사실이지. 티백을 물에 넣어 차를 우리는 것처럼 암석을 물에 넣고 가공해주면 더 많은 미생물이 나올 거야. 이 돌은 행성 간 여행에서 미생물이 살아남도록 처리한 것처럼 보여. 친절하게 사용법까지 곁들여서."

"그걸로 뭘 한다는 거야?"

"화학물질 칵테일에 미생물을 더해서 배양하는 거지. 재료를 모아 가열하고, 건조시키거나 냉동하다보면 무생물이 생물로 변할 거야. 여기 표본을 참조해서 이렇게……"

"뭐가 뭔지는 모르겠지만 잘 안 될 것 같은데."

라이카가 시큰둥한 반응을 보였지만 데이모스는 국자로 냄비를 젓는 듯한 시늉을 멈추지 않았다.

"이 사람아, 우리한테는 '병 속에 든 편지'가 있잖아!"

나는 피식 웃음이 나왔다. 개와 로봇이 서로를 '이 사람아' 따위의 관용어로 부르는 것도 웃기고, 무생물을 생물로 만드는 것을 무슨 요리 레시피처럼 말하는 것도 터무니없었기 때문이다. 데이모스가 이토록 허황된 꿈에 부푼 데에는 내 역할이 컸다는 생각이 든다. 내가 맨손으로 태어나지 않고, 두 손 가득 무언가를 잔뜩 쥐고 태어났기 때문이다.

엄마의 주검을 처리하는 과정에서 데이모스는 두 가지의 놀라운 작업을 해두었다. 하나는 엄마의 인격을 백업한 것이고, 다른 하나는 태반에서 나온 캡슐(이것을 '병 속의 편지'라고 불렀다)을 분석한 것이다. 캡슐 안에서 균사와 씨앗, 물고기 알을 찾아낸 데이모스는 신중하게 실험을 진행해왔다. 물고기들을 부화시켜 우물에 풀어놓고, 균사에서 자라난 버섯을 애지중지 키우고 있다. 씨앗이 담긴 스무 개의 화분 중에 오직 두 개만이 푸른 잎을 달고 자라났는데 데이모스는 장차 과수원을 만들어보겠다는 포부도 가지고 있다. 그런데 이제 과수원과는 비교도 안 될 원대한 계획을 세운 것이다.

이 모든 것은 『제임스와 슈퍼 복숭아』에 나오는 초록색 마법 씨앗과 비슷한 원리로 만들어졌다. 고아가 된 제임스에게 이상한 할아버지가 주고 간 반짝이는 보석 씨앗, 훗날 거대한 복숭아로 자라서 물컹이 고모와 꼬챙이 고모를 납작하게 깔아 뭉갤 슈퍼 복숭아의 씨앗을 얻은 것과 비슷한 일이 우리에게도 벌어진 것이다. 한 무더기의 동식물 샘플을 얻은 것은 손안에 '접이식 에덴동산'을 얻은 셈이라는 말이다. 이건 내 말이 아니라, 미친 과학자처럼 구는 데이모스의 행보를 본 라이카의 표현이다.

라이카는 동화를 읽어주면서 나름대로 화성의 우리 모습에 덧붙여 이야기하곤 했다. "말하자면 슈퍼 복숭아를 만든 마법 씨앗 같은 것이지." 이게 내가 제임스와 같은 나이인 일곱 살에 이해한 '태고 수프'이자, 장차 호수가 될 '우물'에 대해 들은 설명이다.

라이카는 태고 수프 운운하는 데이모스의 계획을 허황된 것으로 여겼지만("무슨 연금술사 같은 소리야? 과학자가 저래도 돼?") 우주선 안에 수조를 설치하는 일에는 반대하지 않았다. 거기에서 벼룩 한 마리 키워내지 못한다 해도 내 장난감은 되겠다 싶었던 모양이다.

"두고 봐, 내가 제대로 된 생태계를 만들고 말 테니."

우리의 탐사 여행은 데이모스의 장담으로 끝이 났고, 우주선으로 돌아온 지 반년이 되도록 데이모스는 실험실에 틀어박혀 나오지 않았다. 그후 우주선의 빈방 하나에는 태고 수프가 설치되었고, 가축과 한집에서 살아가는 중세시대 사람들처럼 우리는 온갖 것을 배양하고 키우며 함께 지내게 되었다.

*

데이모스가 창조주 놀이에 빠져 있는 동안 나를 가르치는 일은 자연스레 라이카의 몫이 되었다. 가르친다기보다 공부하는 내 옆에서 감시하는 것에 가까웠지만 아무튼 내가 주어진 문제들을 푸는 동안 앞발에 고개를 묻은 채 꼼짝 않고 자리를 지켰다. 묻고 답하는 데이모스와의 토론식 수업에 비해 프로그램을 돌려보는 방식의 공부는 지루하기 짝이 없었다. 공부가 하기 싫어서 몸부림을 치면 라이카는 비장의 무기로 '냄새 수업'을 시작했다.

라이카가 가져온 수업 도구는 영화에서 본 여배우들의 메이크업 박스와 비슷해 보였다. 달칵 소리나게 열면 계단처럼 펼쳐지는 내부 구조라든지, 안에 색색의 유리병이 가지런히 세워져 있는 모양이라든지 여러모로 화장 도구와 비슷했던 것이다. 차차 알게 된 사실이지만 이 상자는 마술사의 도구 상자와 더 비슷하다. 상자를 열면 뚜껑 안쪽에서 홀로그램이 나오고 냄새에 따라 영상이 바뀌기 때문이다.

"우와, 이 신기한 요물이 대체 뭐야?"

시각, 청각, 촉각까지 나름대로 감각 교육은 충분히 받았지만 아무래도 척박한 토양에 사는 나에게 후각과 미각은 절대적으로 정보량이 적어서 덜 발달될 수밖에 없는 분야다. 나는 평소의 건방진 말투도 잊고 멍하니 도취되었다.

뚜껑을 열 때마다 난생처음 맡아보는 신기한 냄새들이 풍겨 왔다. 팝콘 화면이 나오면 버터에 튀겨진 팝콘 냄새가 나고, 딸기 화면이 나오면 새콤한 야생딸기 냄새가 나는 식이다. 나에게 압도적인 충격은 후추 냄새였는데, 연거푸 재채기를 하다가 눈물까지 흘렸다.

"이러다 죽는 거 아니야?"

"냄새로 죽는 일은 없어. 아무리 악취라도. 독약이면 모를까."

눈물, 콧물이 범벅되어 항의했지만 라이카는 딱 잘라 말하고는 손수건을 물고 왔다. 나는 포기하지 않고 다음 뚜껑을 열어보았다.

어떻게 이 수업을 좋아하지 않을 수 있을까? 개에게서 후각 수업을 받는 것은 로봇에게 철자법과 코딩을 배우는 것보다 백배는 까다롭고 흥미진진했다. 땅콩과 참깨의 고소함을 구분하고, 이국적인 난초향을 종류별로 맡아볼 수 있으며, 발사믹 식초 냄새를 맡으면 저절로 침이 고인다는 사실을 알게 되니 말이다.

"빨리 뚜껑 닫아! 향이 다 날아가잖아!"

멍하니 분사된 향 속에 서 있던 나는 라이카의 잔소리에 퍼뜩 정신을 차렸다. 그러다가 반사적으로 청개구리 짓을 저지르고 말았다. 손에 잡히는 대로 시약의 뚜껑을 한꺼번에 열어젖힌 것이다.

그랬더니, 보라! 오케스트라의 웅장한 심포니가 지휘자 바로 옆에서 울려퍼지듯 엄청난 향기들이 분수처럼 폭발했다. 새콤한 시트러스 계열은 고음의 바이올린이나 플루트, 비 온 뒤의 젖은 나무나 숲에서 나는 우디 향은 첼로나 콘트라베이스가 내는 소리 같았다. 향에도 고저와 장단이 있었고, 무엇보다 화음이 있었다. 이 돌덩이 사막 같은 화성에서 별다른 냄새를 맡아본 적도 없는 내가 이토록 정확하게 냄새를 분별하는 것은 타고난 재능이거나 아니면…… 개의 손, 아니 발에서 자라났기 때문일지도 모른다.

열 개나 되는 시약이 뿜어내는 황홀경을 중단한 것은 다름 아닌 라이카였다. 정확히 말하자면 라이카의 방귀였다. 라이카가 대포 소리 같은 방귀를 뀌어대며―고약하게도 〈운명〉

교향곡의 서두에 맞추어 가스를 내보내며 산통을 깼을 때, 나는 그가 카라얀을 살해하고 오케스트라에 기관총을 난사해 향기의 교향곡을 망친 느낌이었다.

"무슨 짓이야!"

벌컥 성을 내자 라이카는 내 격한 반응이 재밌었는지 한술 더 떴다.

"냄새로 내가 뭐 먹었는지 맞혀볼래?"

"진짜 싫어, 앞으로는 두 번 다시……"

'라이카하고 안 놀 거야' 하는 말이 튀어나오려는 것을 가까스로 삼켰다. 나는 언제나 보이지 않는 투쟁을, 그러니까 당당한 팀원으로 받아들여지기를 요구했기 때문에 그따위 유치한 어리광은 부릴 수 없었다.

"미안, 이제 눈을 감아봐."

손사래를 치고 질색을 하자 라이카는 아무 화면도 없이 작은 병 하나를 열었다. 미심쩍었지만 시키는 대로 눈을 감고 코를 킁킁거렸다.

처음에는 아무 냄새가 나지 않는 것 같았다.

그러나 물비린내 같은 옅은 향이 느껴졌다. 눈을 감고 명상을 하는 사람처럼 집중하자 연하지만 결코 잊을 수 없이 달콤한 냄새가, 엄마의 살냄새 같은 향이 퍼졌다. 그러니까 나와 같은 종족에게서 나는 냄새였다.

"인간한테서 나는 냄새 같은데?"

"아기였던 너한테서 나던 냄새야. 샘플도 그때 얻은 거고."

라이카가 혀를 내밀고 웃는다.

"갓난아기의 숨골에서 나는 냄새. 생명의 냄새지! 만약 내가 신이 되어 세상에서 가장 향기로운 꽃을 창조해야 하는 순간이 온다면, 난 이 냄새로 할 거야. 그러면 우주 제일의 향기나는 꽃이 되는 거지."

나는 덤덤한 표정을 유지하기 위해 안간힘을 써야 했다. 마음속으로는 어렸을 때처럼 라이카의 목덜미를 껴안고 한바탕 털북숭이에 뒤덮여 뒹굴고 싶은 마음이 든다. 그러나 나는 십대 특유의 '간격을 두는' 독립심을 저절로 체득해가는 중이었다.

냄새 수업의 진정한 하이라이트는 따로 있었다.

절정은 신기루가 나타나는 순간이다. 나타난 게 아니고 '보였다'고 해야 할 테지만 우주선 유리창 너머의 황야에서 난생처음 보는 풍경이 피어오르는 순간은 너무도 생생해서 냄새가 불러온 착시라는 것을 인정할 수 없을 정도였다. 지평선 너머 멀리 작게 보이는 신기루는 냄새에서 연상되는 이미지였는데, 홀로그램도 아니고 화면에 뜬 영상도 아니어서 아주 미묘했다. 냄새에 도취되어 있다가 신기루가 나타나는 순간이면 나는 눈뜬 채 꿈을 꾸는 사람처럼 어쩔 줄을 모르고 심장이 두근거렸다.

신기하게도 우리 중에 데이모스만 신기루를 보지 못했다. 원하는 풍경을 디스플레이에 띄울 수 있는 로봇이기 때문일까? 당사자는 아무렇지도 않겠지만 나는 속으로 데이모스가 안됐다고 생각했다. 신기루를 보는 것은 화성에서 누릴 수 있는 가장 큰 재미니까.

신기루가 나타나면 나는 먼 곳의 이미지에 편안히 집중하기 위해 라이카의 등을 베고 드러누웠다. 오늘은 삼나무 냄새를 맡았기 때문인지 우주선의 유리창 너머로 보이는 황야에 크리스마스트리가 나타났다. 반짝거리는 전구로 장식된 삼각뿔 모양의 나무 꼭대기에는 황금 별이 달려 있었다. 나는 조바심이 나서 하나라도 더 보기 위해 눈을 크게 뜨며 질문을 던졌다.

"나무 아래 저 화려한 천을 두른 도자기 인형은 뭐야, 우주인인가?"

"동방박사. 동쪽에서 별을 보고 따라온 사람들이지."

"그럼 푹신푹신한 방석 위에 누운 아기는? 혹시 나야?"

라이카는 어처구니없다는 듯 피식 웃으며 '아기 예수'라고 말해주었다. 엄마 아빠 밑의 어린 아기. 볼이 통통하고 팔다리가 짧은 공벌레처럼 생긴 귀여운 아기가 나중에 가시관을 쓰고 창에 옆구리를 찔리고 십자가에 매달리는 불쌍한 청년이 된단 말인가? 성경을 이야기책으로만 대한 나는 어리둥절해서 다시 한번 '말 구유에 놓인 꼬마'를 바라보기 시작했다. 내가 열심히 지켜보자 신기루는 모래 그림처럼 흩어지기 시작했다. 나중에 깨닫게 된 사실이지만 신기루는 똑똑히 지켜보려 들면 그때부터 흩어진다. 꿈을 기억하려 들면 잠에서 깨어나는 것처럼.

라이카는 꼬리를 몸통에 붙이고 느긋하게 말했다.

"이런 날은 '메리 크리스마스'라고 인사하는 거야."

"메리 크리스마스, 라이카."

"메리 크리스마스, 마야."

로켓 발사하기 전에 외치는 카운트다운처럼 들리는 주문이다.

'화성은 얼어붙은 사막, 금성은 타오르는 지옥.'

오래전에 지구인들은 그렇게 생각했다고 한다. 하지만 내가 살아가는 이 땅은 그렇게 춥지만은 않다. 아늑한 우주선과 간헐천이 솟아오르는 우물, 무엇이든 가르쳐주는 데이모스와 모닥불처럼 따뜻한 라이카의 등이 있으니까.

*

열두 살이 되었을 무렵 우리의 재산은 눈부시게 늘어났다.

자라난 것은 나뿐이 아니었다. 우리의 우물은 호수로 자라났다. 내가 자라는 속도의 열 배쯤 빠르게, 안간힘을 쓰며 자연 그 비슷한 것이 되려고 커지고 변화해왔다. 간헐천이 솟아오르는 곳 주위로 조그맣게 물이 고이는 모습이던 우물은 열 사람이 헤엄쳐도 넉넉할 규모로 깊고 넓어졌다. 이 물이 다 어디서 왔을까? 라이카는 내가 태어난 후 이 행성의 모든 수분이 한데 모이기라도 한 듯 수량이 늘어났다고 말했다.

호수를 빙 둘러싸고 수초가 내 허리 높이까지 자라난 것도 큰 변화다. 초록은 위대한 색이다. 화성의 붉은색에 맞서 싸우는 풀잎은 승리의 깃발이었다. 우물은 호수만큼 커졌지만 우리는 처음 이름 붙인 대로 여전히 '우물'이라고 부르고 있다.

솔직히 말하자면, 나는 물이 싫었다.

네발짐승에게 헤엄치는 법을 배우는 것도 어려웠지만, 그보다는 잠수 기록을 늘려야 하는 게 지상 과제가 되었기 때문이다. 모든 것은 내 귀 뒤에 달린 빌어먹을 아가미 때문이다. 평소에는 머리카락에 가려져 보이지도 않는 것이, 물속에만 들어가면 발언권을 얻은 것처럼 조금씩 열리기 시작한다. 문제는 열리기만 할 뿐 제대로 작동하지는 않는다는 것이다. 코와 입으로 숨쉬던 내가 갑자기 아가미로 숨쉬는 법을 어떻게 익히느냐는 말이다.

첫 잠수 훈련을 한 네 살 때는 아가미도 코도 콱 막혀서 물을 엄청 먹고 엉엉 울었던 기억이 난다. 그후로 자주 울고 떼를 써봤지만 이른바 '훈련'에 관한 한 로봇의 비정함을 보이는 데이모스는 절대로 사정을 봐주지 않았다. 결국 여덟 살 이후 일주일에 두 번씩 꼬박꼬박 물에 들어가 기록을 체크하게 되었다.

"15분 4초 5."

물에서 나오자 데이모스가 기록을 알려주었다. 가쁜 숨을 몰아쉬던 나는 들고 있던 돌을 아무렇게나 던져버렸다. 금세 수면으로 떠오르는 나를 보고 데이모스가 고안한 방법은 무거운 돌덩이를 드는 것이었다. 호수 바닥에 앉아 아가미로 호흡하는 법을 계속 익히라고 했다. 접시 물에 코 박고 죽으라는 소리처럼 들렸지만 일단 시키는 대로 했다. 구역질이 나는데 "한번 더"라는 말을 들으니 돌아버릴 것 같다.

"오늘은 그만하면 안 돼? 십오 분을 넘긴 건 처음이잖아!"

"한 시간은 버텨야 한다고 봐."

데이모스는 항상 미래를 대비해야 한다고 말했다. 지금껏 지구에 살았던 생명체의 99퍼센트가 멸종했으니 성장이 끝나기 전에 뭍과 물, 양쪽에서 살아갈 방법을 터득해야 한다고 말이다.

"너에게는 아가미와 폐 둘 다 있다는 걸 명심해. 성장하면서 진화해야 해. 한쪽 문을 여느라 다른 쪽 문이 완전히 닫혀버리기 전에 양쪽 다 드나드는 법을 익혀놔야 한다고."

"나는…… 태어나는 데도 삼백 년이 걸렸어."

입술을 꽉 깨물고 한번 더 항의해보았다. 난 어른스러운 편이다. 인내심도 강하고 빠른 성장을 무리 없이 버텨내며 라이카와 데이모스 못지않은 화성의 일원이 되어가고 있다고 자부한다. 로봇도 유령도 아니고 생물체이기 때문에 필연적으로 지닐 수밖에 없는 수많은 핸디캡에도 불구하고 지금까지 나는 잘해왔다. 그건 내가 삼백 년 묵은 생물종이기 때문이다! 하지만 데이모스는 만족하지 못하고 어려운 과제를 거듭해서 내주고 있다.

"그런데 삼백한 살부터 또다른 몸으로 바꾸는 연습을 하라고? 난 열두 살이야. 어쨌든 두 발로 땅을 밟고 일어선 지는 십이 년밖에 되지 않는다고. 그걸 까먹는 것 같은데―"

"우리가 지켜줄 수 없을 때를 대비해 스스로 살아남는 법을 터득해야 해. 외계인이 오면 다행이지. 그만한 고등 생물체가 여기까지 날아와서 시비를 걸지는 않을 테니까. 하지만 지구인이 나타난다면? 너를 내버려둘 것 같아?"

데이모스가 '겁주기'를 통해 나를 협박하고 있다는 걸 알면서도 나는 '지구인'이라는 말에 움찔했다. 나에게 지구인은 호러 영화 속의 뱀파이어나 늑대인간 같은 존재로 각인되어 있다. 내 악몽의 레퍼토리 중 하나가 지구로 끌려가 실험대 위에서 갈기갈기 해부되는 것이다. 조악한 특수효과로 만들어진 구식 영화 같은 꿈이지만 이상하게 반복되고 있다. 내가 꿈 얘기를 하면 데이모스는 "크느라 그래"라며 대수롭지 않게 넘겼다.

"물에서는 숨쉬는 거, 먹고 싸는 거, 이동하는 거 전부 달라져야 해. 잠과 휴식조차 다른 형태가 되겠지. 새로운 몸으로 살아가는 감각을 익혀야 해. 호흡을 익혀두면 생존에 아주 유리한 고지를 선점하는 거지."

"인어공주가 되라는 거야? 인어공주는 결국 물거품이 되고 말잖아."

"너는 인어가 아니야."

데이모스의 텅스텐 눈이 가늘어지고 입술도 웃는 듯 길어진다.

"하지만 우리에게는 언제까지나 공주님이지. 소중한 우리 공주."

이런 말을 듣기에는 이미 지나치게 컸다. 그런데도 기분은 다소 누그러지고 있었다. 그래서 발끝으로 흙을 문지르며 웅얼거렸다.

"아무리 시간이 흘러봤자 화성에는 우리 셋밖에 없을 거야. 나는 뭐, 그것도 괜찮아."

라이카에게 이런 말을 들려주면 감동받을 테지만 상대는 데이모스다. 얼굴에서 표정이 사라졌다. 텅 빈 전자레인지 같은 얼굴. 아니나다를까, 속사포 같은 잔소리가 쏟아졌다.

"네가 똑똑하기는 해. 하지만 어떤 종류의 똑똑함이지? 지능이 높고 습득이 빠르다는 것만으로는 부족해. 살아남으려면 똑똑해지는 것보다 몸의 감각을 익히는 게 훨씬 더 중요해."

그러나 열두 살의 나는 잠수보다 달리기가 훨씬 더 좋았다. 나는 말이 안 통하는 얄미운 깡통 로봇을 밀쳐버리고 호수를 벗어나 언덕으로 달아나버렸다.

화성의 모든 언덕이 나의 놀이터였다. 전속력으로 비탈길을 내려가는 게 얼마나 즐거웠던가. 몸 구석구석까지 전달되는 활력, 근육이 팽팽해지는 긴장감, 온몸으로 퍼지는 심장박동을 느낄 수 있었다. 숨이 찰 때까지 달리다 햇볕에 달구어진 바위에 기대어 쉬고 있으면 내 앞에 펼쳐진 대지는 시간만큼이나 넓고 끝이 없었다. 나는 더이상 달릴 수 없을 만큼 멀리 달린 후 폐에 가득한 공기를 가쁘게 내쉬면서 아가미 따위는 없어져버리라고, 나에게는 이렇게 튼튼하고 멋진 폐가 있다고 큰 소리로 항의했다. 그러나 내 항의는 누구를 향한 것일까? 나를 만든 조물주? 그건 과학자들인데, 그들이 화성에 와서 한 번만 내 몸으로 살아보라고 하지. 아가미가 얼마나 쓸모없는 기관인지 단번에 알게 될 것이다. 숨막히게 달리고 무의미한 고함을 지르면서 발광을 하던 나는 맥이 탁 풀려 바위 위에 주저앉았다. 어느덧 어둠이 내려오고 있었다. 우주에 공평한 건 빛이 아니라 어둠이니까.

"우리는 모두 별-물질로 만들어졌어."

언젠가 라이카가 이렇게 말한 적이 있다. 누구의 말이냐고 묻자 '칼'이라는 대답이 돌아왔다. '칼 누구?' '세이건. 칼 세이건 말이야.' 라이카는 유명인을 잘 아는 친구처럼 불러대는 버릇이 있다. '잡종.' 어느 영화에선가, 지구인들이 외계인에게 이런 말을 한다. 그 말에 담긴 모욕감이 어찌나 강한지 사전을 찾기도 전에 저절로 알아들었을 정도다. 물갈퀴가 달려 있는 손발, 등지느러미가 돌기처럼 튀어나온 척추. 지구인들이 나를 보면 틀림없이 잡종으로 분류할 것이다. 이런 몸이 아니라면 잠수 훈련 따윈 하지 않아도 될 텐데. 나는 바위에 몸을 쭉 펴고 누워서 잠이 들어버렸다.

*

"태고 수프인지 뭔지 빨리 성공하는 게 좋을 거야. 쟤 먹성을 감당하려면 말이야."

잠수 훈련이나 달리기를 한 후에 이인분씩 식사를 먹어치우는 나를 보며 라이카는 말했다. 나 들으라고 일부러 크게 말하는 소리 같았지만 나는 귓등으로 듣고 후식으로 과자를 해치웠다.

'식사'는 어른들의 골칫거리다. 내가 태어나면서 남은 식량을 축내기 시작했으니까. 태양전지로 에너지를 충전하는 데이모스나, 한번 죽었기 때문에 유령 신세인 라이카에게는 해당되지 않는 고민이었지만 생물체인 나는 달랐다. 물에 갠 비스킷을 이유식처럼 먹고 자란 나는 이빨이 나온 후부터 맹렬하게 건조식을 먹어치우고 있다. 내 수명이 얼마나 될지 모르지만 평생을 지내기에 여분의 식량이 충분치 않다는 것만은 확실하다.

한 달에 한 번쯤, 호수에서 잡은 물고기를 구워먹는 날도 있지만 아직까지 맘 편히 먹기에는 크기도 작고 개체수도 적다. 이렇게 먹는 게 부실한데도 나는 쑥쑥 잘 자랐고, 우리의 재산 또한 늘어가고 있다. 풀숲에서 거미줄을 발견한 순간은 승리의 날이었다. 비단결처럼 곱고 정교한 거미줄에 대롱대롱 매달린 곤충 몇 마리를 본 데이모스는 양서류와 파충류에 도전하겠다고 선언했다.

"고생대를 참조해 새로운 레시피를 만드는 거지. 그 편이 유전자 스위치를 켜기에 유리하니까."

새로운 생물종이 발견될 때마다 데이모스는 극적인 효과를 주기 위해 침을 꿀꺽 삼키는 소리를 냈다. 그때마다 라이카가 '침도 없고 목구멍도 없는 게 이상한 효과음 좀 내지 마'라고 핀잔을 줬지만, 데이모스는 휙 돌아서서 보이지 않는 문이 쾅

닫히는 소리를 냈다. 그들은 이런 콩트의 합을 맞출 때마다 즐거워했다. 자기들처럼 머리 좋고 고등한 존재들이 유치한 개그를 구사한다는 게 일종의 거드름 피우기처럼 여겨지는 모양이다. 나는 하나도 안 웃겼다.

"다들 비웃는데 언젠가는 그럴 수 없을걸. 실험이 성공한다면 마야의 엄마를 부활시킬 수도 있으니까."

"정말?"

"네가 충분히 기다려준다면 불가능한 것도 아니야."

데이모스는 유한한 생명체인 나에게 '죽음'이라는 개념어를 절대로 쓰지 않는다. 그저 '충분히 자란다면' '기다려준다면' '지내다보면' 같은 말들로 내 시간을 표현한다. 오래 살고 싶다. 오래 살아서 한 번도 만나보지 못한 엄마를 만나고 싶다.

"넌 아빠에 대한 미련은 통 없는 거냐?"

라이카가 물었을 때 나는 딴소리로 화제를 돌리며 즉답을 피했다. 인간과 유사한 실험동물을 만든 후 임신을 시킨 것은 지구의 과학자들이다. 나의 아버지는 지구 그 자체다. 당시의 가장 진보된 과학기술이 엄마를 임신시켰으니까. 나는 오직 몸에만, 육체에만 관심이 있다. 유전자를 혼합해 만들었을 정자 따위는 궁금하지 않다.

내가 그리운 것은 엄마의 품이지 유전자가 아니니까……
우주선 안에는 엄마와 나 둘뿐이었다. 언젠가 엄마의 백업 인격을 담을 '그릇'을 만든다면, 그걸 엄마라고 받아들일 수 있을까? 엄마, 라는 단어가 속에서 울려퍼지는 것만으로도 눈물이 날 것 같았다. 삼백 년 동안 나는 엄마의 몸속에 가만히 누워 얼어 있는, 혹은 잠들어 있는 엄마에 대해 생각했다.

"언젠가 호수가 바다만큼 커지고 실험체들이 생태계를 이룰 정도가 되어, 그중에서 엄마의 몸을 고를 수 있다면 혹등고래가 좋겠어. 바다에서 가장 길고 복잡한 노래를 부른다는 혹등고래 말이야. 나는 노래를 불러주는 엄마를 갖고 싶어."

"어이구 우리 꼬마, 자장가가 그리운 모양이구나. 라이카 이모가 불러줄까? 하울링소리도 근사하다고. 얘가 사춘기가 왔나, 왜 울고 그래?"

그 말이 맞는 것 같다. 나는 다 자란 느낌과 덜 자란 느낌 사이에서 훌쩍훌쩍 잘 울었다. 느닷없이 힘이 솟구치다가 다음 순간 맥이 풀려버렸다. 무언가를 간절히 기다리는 마음, 무엇인지도 모르는 채 간절해지기만 하는 마음. 나는 십대였다. 지구의 철딱서니 없는 십대들과 다를 바 없는.

*

우리는 언제나 셋이었고, 앞으로도 셋일 거라고 생각했다. 붉은 눈동자를 지닌 키나가 나타나기 전까지는.

유성우가 장관을 이루던 밤, 우리는 '오페라 관람석'이라고 부르는 앞뜰 벤치에 앉아 쏟아지는 불꽃 쇼를 감상하던 중이었다. 라이카와 내가 맨눈으로 별똥별을 세는 동안 데이모스는 전파망원경으로 하늘을 쭉 훑고 있었다. 별다른 기대 없이 어느 먼 은하에서 보낼지도 모르는 메시지를 수신하는 것이다. 건초 더미에서 바늘 찾기보다 어려운 일이라지만 데이모스는 탐사로봇 시절의 버릇을 버리지 못하고 이따금 전파망원경 앞에 앉곤 한다. 미세하게 기우뚱한 데이모스의 목을 두고 라이카는 지구를 하도 많이 올려다보아서 그런 것이라고 놀렸다.

"꼭 무슬림 같다니까. 하루에 세 번 메카를 향해 절을 하는……"

라이카가 갑자기 말을 뚝 그치더니 낮게 으르렁거렸다. 나는 단 한 번도, 라이카가 그런 소리를 내는 것을 본 적이 없었다. 맹렬한 적의와 두려움이 동시에 전해졌다. 두려워하면서도 라이카는 두려움을 주는 대상에게 공격성을 과시하기 위해 위험신호를 보내고 있는 것이다. 나는 라이카의 등에 몸을 붙이고 숨을 죽였다.

라이카가 어둠을 노려보며 으르렁대다 컹컹 짖기 시작하자, 그 소리가 신호라도 되는 듯 호수 너머의 수초 사이로 검은 그림자 하나가 풀썩 쓰러졌다. 데이모스가 그 외부인에게 천천히 다가갔지만 반응이 없다. 안전하다는 허락이 떨어지자마자 단숨에 달려갔다.

가까이서 보니 나와 비슷한 또래의 여자아이다. 외계인은 아닌 것 같지만 지구인치고도 이상한 모습이다. 자료 화면에서 본 지구인들은 액랭식 의복에 어항같이 둥근 헬멧을 쓰고 있었는데 이애는 반벌거숭이에 무기는 고사하고 아무것도 지닌 것이 없는 맨몸이다. 소금색 머리카락에 눈동자는 석류처럼 붉었는데, 무엇보다 이상한 것은 눈꺼풀이 없다는 점이었다. 눈을 덮은 반투명한 엷은 막이 깜박거리는 동안에도 동공에 별들이 되비쳤을 정도였다.

"넌 맨날 전파망원경을 끼고 살면서 외부인이 화성에 오는 것도 몰랐어? 어떻게 인간이 집 근처에 나타났는데 모를 수가 있어?"

라이카는 이 혼란스러움이 데이모스 탓이라도 되는 양 큰 소리로 힐난했다. 포유류가 뱀에게 반응하듯 라이카에게는 지구인에 대한 공포심이 새겨져 있는 것이다. 무서우면 화를 내는 이 시베리안허스키는 모처럼 개답게 경계심을 보이며 짖어대고 있다. 그러거나 말거나 데이모스는 대수롭지 않게 받아넘겼다.

"네 생각만큼 이 몸께서 전능한 로봇은 아닌가보지. 일단 안으로 옮기자."

"미쳤어! 누군지 알고 집으로 들인단 말이야? 그러다 공격받으면?"

"생체 신호가 아주 약해. 밖에서 죽게 하느니 정신 차리게 한 다음 정보를 얻는 편이 낫지 않겠어? 넌 지구의 공상과학 영화를 너무 많이 본 것 같아. 거기선 화성인이 지구를 침공한다고. 앤 지구인이고 어린애야. 반면 우리는 진정한 화성 토착민들이지."

'그렇지만, 현실은 반대일 수도 있잖아.'

나는 속으로 말대답을 했다. 나도 모르게 손톱을 물어뜯고 있었다. 생전 처음으로 개와 로봇 외에 낯선 존재를, 그것도 인간을 보게 되자 불안이 밀려왔고, 이 일이 무슨 파장을 몰고 올지 상상도 되지 않았다. 그러면서도 데이모스를 도와 여자아이를 안으로 옮겼고, 내 침대까지 내주어야 했다.

빈사 상태의 여자아이는 사흘 동안 의식을 되찾지 못했다. 눈꺼풀이 없는 눈을 들여다보기가 거북해서 나는 수건을 반으로 접어 눈 위에 안대처럼 둘러주었다. 데이모스가 물에 적신 거즈를 입에 올려주자 여자아이는 조금씩 빨아먹으며 탈수에서 빠져나오고 있었다. 그러나 여전히 의식은 찾지 못했고 유동식을 조금 먹다 다시 죽음 같은 잠에 빠졌다.

"가장 큰 사건이 가장 나쁜 사건일 수도 있지."

라이카는 침대 밑에서 한숨을 토해냈다. 내가 태어나고 십이 년이 흘렀다. 십이 년 동안 우리는 가위바위보나 피라미드처럼 줄곧 삼각형이었다. 셋이 있던 공간에서 넷이 지내게 되자 우주선 어디에서든 그 존재감을 강력하게 느낄 수 있었다. 손가락 하나 움직이지 못하는 빨간 눈동자의 여자애는 살아 있는 귀신이고 유령이었다. 나는 밤마다 악몽을 꾸었다. 자기 침대를 눈꺼풀도 없는 낯선 여자애에게 뺏겼다면 그럴 만하지 않은가. 물론 아침이면 악몽이 뭐였는지는 잘 떠오르지 않지만, 암튼 꿈자리가 사나웠던 것은 사실이다.

그사이 데이모스는 극진히 여자애를 간호했는데, 저 깡통이 탐사용이 아니라 케어봇이 아닌가 의심이 될 정도였다. 여자애가 경련을 일으킬 때마다 지치지 않고 마사지를 해주었고 (로봇이니까 당연히 지치지 않겠지만) 물에서 이온음료로, 유동식으로, 정밀하게 영양을 공급했으며(로봇이니 당연히 정밀하겠지만) 잠도 자지 않고 밤낮으로 여자아이에게 정성을 쏟았다(로봇이니까 잠 안 자는 건 당연하지만). 솔직히 난 데이모스의 '케어'가 다른 대상을 향하는 게 보기 싫었다. 지금껏 나에게 쏟은 정성도 '나'라서가 아니라 그저 '인간'이기 때문인 건 아닐까? '충성'이 프로그래밍된 로봇이기에, '복종'을 본능으로 타고난 개와 더불어 나에게 정성을 쏟았던 건 아닐까(한 번도 해보지 않은 의심까지 고개를 든 것이다).

일주일이 지나자 드디어 기력을 되찾은 여자아이의 '자백'

이 시작되었다. 너무 작은 목소리라 가까이 있던 데이모스밖에 듣지 못했다. 데이모스는 여자아이와 한참 대화를 나누더니 통역사처럼 나와 라이카에게 전달했다.

"나쁜 소식과 좋은 소식이 있어. 나쁜 소식은 더이상 이 별에 우리만 있지 않다는 것이고 좋은 소식은 인간들의 우주선은 여기에서 아주 멀리 떨어져 있다는 거야. 거의 반대쪽이라고 해도 좋을 만큼."

라이카와 나는 잠시 버퍼링 걸린 로봇처럼 그 말을 해석하고, 그다음을 추론하는 시간을 가졌다. 내가 먼저 분통을 터뜨렸다.

"근데 얘는 여기까지 왔잖아! 그 사람들이 우리집을 발견하면 어떡해? 우물이며 정원 때문에 탄로나고 말 거야. 당연히 우릴 공격할 거고 내가 죽을 수도 있어! 지금 한가롭게 이런 말이나 주고받을 때가 아니지 않아?"

"소리 좀 그만 질러대. 나 원 참, 요즘 널 보면 십대 애들이 외계인보다 더 외계인 같다는 생각이 들 정도라고."

면박을 준 데이모스는 다시 여자아이에게로 몸을 숙였다. 라이카는 의외로 말이 없다. 이 수다쟁이는 뇌가 혀에 달린 줄 알았는데 의외로 침착하게 다음 정보를 기다렸다. 초조해진 나는 벌떡 일어나 방안을 돌아다녔다. 이런 날이 올 줄 알았다면 잠수 연습을 정말 열심히 해두는 건데. 유령과 로봇과 달리

나는 살아 있는 동물이니 말이다. 그러나 물속으로 대피하면 안전할까? 호수의 수심은 제법 깊어졌지만 내 키의 두 배쯤 되는 수위가 내 몸을 완전히 가려줄 것 같지는 않다. 문득 호수 한복판의 '배꼽'이 생각났다. 간헐천이 솟아오르는 구멍. 그래서 내가 호수의 배꼽이라고 이름을 붙였던 그 구멍. 그 안은 어떨까? 내 허벅지만한 그 구멍이 넓어진다면 그리로 대피할 수도 있을 것이다……

두서없이 떠오르는 생각을 좇아 혼자 깊은 몽상에 빠졌던 나는 문득 음식냄새를 맡았다. 고개를 들어보니 데이모스가 정성껏 여자아이 입에 밥을 떠넣고 라이카가 맞은편에서 지켜보며 은근슬쩍 꼬리를 젓고 있었다. 외동딸로 살아오다 갑자기 동생이 나타난 기분이랄까. 이런 맘을 알 리 없는 데이모스는 나를 쳐다보며 말했다.

"자기 이름이 '키나'라고 하네."

나는 그애가 싫었다.

*

키나는 완벽하게 예쁜 인간 여자다. 눈꺼풀이 없는 것만 빼면. 그래서 덜 미워하기로 했다. 몇 가지 문제는 있지만 아프다기보다 영양실조로 탈진한 것에 가깝기 때문에 회복에는 문제가 없었다.

정신을 차렸을 때 우리는 키나를 협박하거나 구슬릴 필요가 없었다. 키나는 눈앞에 서 있는 개와 로봇과 나를 보고 별다른 반응을 보이지 않았고 묻는 말에도 고분고분 대답해주었다.

"그때는 마비 상태랑 비슷했어. 그냥 다 물속 같았고 현실 감도 없고 그랬지."

처음 만났을 때의 덤덤한 반응에 대해 키나는 이렇게 설명 했다. 혼자 사막을 건너는 동안 물도 떨어지고 빈사 상태였는 데 갑자기 불빛이 보여서 신기루인 줄 알았다고. 로봇과 개와 인간 여자애가 번갈아 들여다보는데 너무 비현실적이라 사후 세계인 줄 알았다고 말이다.

키나는 우리를 신뢰했다. 그러지 않고는 다른 도리도 없었 을 것이다. 키나는 난파선에서 탈출했기 때문에 돌아갈 곳도 없는 상황이었다.

"라포르투나호는 금성의 테라포밍을 위해 십사 개월 전에 지구를 떠나왔어요. 말이 좋아 개척 사업이지, 사실 버려진 거 나 다름없어요. 우주선에 남자는 187명, 여자는 165명이 탔는 데 절반 이상 죽었으니까."

"화성에는 몇 명이나 착륙했어?"

"서른 명. 나머지는 다른 별로, 금성의 위성 중 하나로 간다 고 했어요."

"그런데 왜 여기에 서른 명이나 내린 거야?"

"연료가 모자라서…… 처음에는 몰랐는데 식량이며 장비가 너무 열악하니까 어른들이 그제야 사태를 파악하더라고요. 칠 년 뒤 우리를 지구로 실어갈 귀환선이 온다고 했지만 아무도 그 말을 믿지 않아요. 그때까지 살아남을 사람도 없을 것 같고요."

"그래도 같이 온 사람들 속에 있는 게 안심되지 않아? 너는 왜 도망쳐나왔지?"

듣고만 있던 내가 처음으로 끼어들었다. 침묵. 눈꺼풀이 있다면 몇 번이고 깜박거렸을 시간이 흘렀다. 키나는 망설이다가 내 쪽을 똑바로 바라보며 내뱉듯이 대답했다.

"강간당하지 않으려고."

"강간이 뭐야?"

나는 처음 듣는 말에 어리둥절해져서 라이카를 쳐다보았다. 키나의 말에 밴 강렬한 적의. 눈이 그렇게 된 것과 상관이 있는 걸까? 그 순간 라이카와 데이모스가 재빨리 눈빛을 교환하더니 화제를 돌렸다.

"눈은 왜 그래?"

긴 이야기를 부르는 질문이었다.

*

키나의 고향은 MOJO라고 불리는 빌딩 도시다. 양극화가 심해지고 빌딩이 노후되자 상류층들은 새로운 빌딩으로 이주할 계획을 세웠다. 비밀이 새어나가 대대적인 반란이 일어났고, 진압됐고, 도시는 쪼개졌다. 조부와 부모 모두 반란군에 가담한 탓에 키나는 다섯 살 때 눈꺼풀 제거형에 처해졌다. 성장기에 키나는 올드타운에서 자기가 보는 모든 광고를 노출하는 살아 있는 광고판으로 살아왔다. MOJO에서는 누구나 눈을 깜박거릴 때마다 스쳐지나가는 광고를 보게 되지만, 키나와 같이 눈꺼풀이 없는 사람은 특수한 수치심을 느껴야 한다.

모든 광고는 소비자의 관심에 맞춰 선택되기에 무슨 광고를 보는지가 그 사람의 현재적 욕망을 보여주는 척도가 된다. 성인용품이나 포르노 사이트의 광고를 내 눈꺼풀 안에서 보는 것은 민망한 일이 아니다. 하지만 눈꺼풀이 없는 사람들, 반란자들, 본보기들, 사상 검열을 끝없이 당해야 하는 자들은 아무것도 감출 수 없다.

"**붕어 새끼**. 그게 내 별명이에요. 테라포밍 지원자를 받을 때 가장 먼저 신청했어요. 일 분 일 초라도 광고를 보지 않고 살 수만 있다면 소원이 없으니까. 우주에 나왔을 때 처음으로 깊이 잘 수 있었어요."

키나의 눈은 늘 발갛게 충혈되어 있다. 눈을 보호하기 위해 수면 시간 외에도 수시로 안대를 하고 있어야 했다. 뻑뻑한 눈에서는 늘 눈물이 흘렀기 때문에 키나는 울고 싶을 때 울어도 창피하지 않을 수 있다고, 그것 하나는 좋다고 덧붙였다. 나름대로 분위기를 풀어보려 한 말인 것 같은데 유머로 넘기기엔 너무나 무거운 얘기였다.

키나의 등장으로 라이카와 데이모스는 분주해졌다. 키나를 제외한 나머지 지구인들이 화성 어딘가에 있을 것을 생각하면, 그들이 당장이라도 이곳을 공격할 가능성을 생각한다면, 무엇부터 해야 하는지 의견을 나누는 것이다.

우주선을 방어용 요새로 만드는 것과 아예 다른 곳에 은신처를 만드는 것 가운데서 그들은 끊임없이 고민했다. 두 가지 다 필요하다는 결론이 나오자 둘은 설계에 돌입했다.

이제는 '냄새 수업'마저 사라졌고, 나는 키나와 더불어 뒷전으로 밀릴 수밖에 없었다. '어른'들이 일하는 동안 아이는 알아서 놀아야 하는 것이다. 정확히 말하자면 두 사람이 내준 숙제를 해야 하는 것이다.

"심심한데 수영하러 갈까?"

나는 나흘 만에 대부분의 숙제를 해결해버리고, 키나에게 말을 걸어보았다. 비쩍 곯은 이 여자애는 우물우물하더니 수영할 줄 모른다고, 물에도 뜨지 못한다고 털어놓았다. 어떻게 그럴 수가? 지구인이라면 당연히 수영을 하는 줄 알았던 나는 놀라지 않을 수 없었다. 지구는 육지보다 바다가 넓은 행성 아닌가?

"우리 도시에서 수영은 최상류층만 즐길 수 있는 스포츠야. 당연히 나는 물에⋯⋯"

말끝을 흐리는 식으로 키나는 자기 계급을 에둘러 말하고 있었다. 나는 개의치 않고 일단 우주선 밖으로 나가자고 밀어붙였다.

"넌 물에 들어가지 말고 내가 하는 것만 보고 있어. 나중에는 내가 다 가르쳐줄게."

드디어 학생 신분에서 벗어나 선생 노릇을 할 기회였다. 나는 키나의 수영 선생이었다. 물살을 헤치고 두 팔을 힘차게 휘젓는 내 모습을 보는 키나의 눈에는 감탄이 어려 기분이 우쭐했다. 키나는 발끝만 물에 담그다가, 무릎까지 들어오다가, 나와 함께 호수에 살랑거리는 물고기에게 밥을 주고 한데 뭉친 무성한 수초를 풀어주었다. 죽은 곤충을 떠서 풀밭에 버리고, 소금쟁이의 가벼운 발걸음에 감탄했다. 엉거주춤 호수에 점차 적응해가던 키나는 보름쯤 지나서야 경계심을 풀고 머리를 젖혀 물 위에 몸을 맡겼다. 라이카가 '송장헤엄'이라고 부르는 배영에 마침내 도전한 것이다.

"이것 봐, 마야, 내가 물위에 떠 있어!"

키나는 흥분을 감추지 못하고 소리를 질렀고, 즉시 가라앉았다. 나는 큰 소리로 웃다가 박수를 치다가 했다. 감격한 키나는 몇 번이나 물속에서 떠 있었다.

물속에서 펼쳐지는 키나의 머리카락이 일몰에 물들어 아름답게 보인다. 진홍빛 석류 같은 눈동자에 화성의 하늘이 담겨 있는 모습도 그림 같았다. 수영을 가르쳐준 보답으로 키나는 나에게 노래를 가르쳐주었다. 키나의 노래는 신기루만큼이나 풍부하고 다채롭다. 같은 노래라도 똑같이 부른 적이 한 번도 없기에 키나의 노래는 아무리 들어도 질리지 않았다.

"너한테 가장 부러운 게 뭔 줄 알아?"

노래를 하다 뚝 그치고 키나가 갑자기 물었다. 당연히 눈꺼풀이겠지, 라고 생각했는데 아니라고 한다.

"속눈썹."

키나가 내 쪽으로 바싹 얼굴을 들이대더니 손끝으로 내 속눈썹을 살짝 건드렸다. 감기지 않는 눈동자에 내 얼굴이 비쳐 보였다. 순간 등줄기의 지느러미 돌기가 쭈뼛 섰고 있지도 않은 꼬리가 도르르 말리는 느낌이 들었다.

"눈을 감으면 속눈썹이 치마처럼 펼쳐지거든. 그게 아주 예뻐."

"난 네가 예쁘다고 생각하는데."

내가 웅얼거리자 키나는 한바탕 웃더니 "이거 받아"라며 손에 낀 반지를 빼서 준다. 커다란 모조 보석이 박힌 반지였다.

"구조 신호를 보내는 장치야. 버튼을 누르면 할아버지의 동지들이 데리러 올 거라고 했어. 당장은 아니라도 언젠가는 지구로 돌아갈 수 있는 비장의 카드지."

그동안은 왜 써먹지 않았느냐고 물었더니 키나는 두 번 다시 지구는커녕 그 근처로도 가지 않을 거라고 했다.

"전파가 잡히면 또 지긋지긋한 광고를 봐야 해. 우주에서 내가 뭘 깨달은 줄 알아? 광고가 없으니까 생각이 중단되지 않는다는 거야. 생각이 중단되지 않는 자유를 한번 맛본 사람은 전으로 되돌아갈 수 없어."

키나는 오늘 자기 얘기를 많이 한다. 완벽한 인간이면서도 날 부러워한다. 속눈썹 말고 다른 것도.

"라이카와 데이모스가 널 얼마나 아끼는지 금방 알겠더라. 네 털끝 하나만 건드려도 난리날 사람들이야."

"사람 아닌데, 개랑 로봇인데."

나는 얼굴을 붉히면서 무심코 반지를 끼어보았다. 물갈퀴에 반지가 걸리는 통에 도로 빼내 탄생석 목걸이에 걸기로 한다. 사용할 일은 없을 것 같지만 태어나 두번째로 받은 선물이다. 그리고 키나는 자기에게 가장 귀한 것을 나에게 준 것이다.

"기다려봐. 나도 줄 게 있어!"

나는 벌떡 일어나 데이모스가 보면 질색할 일을 해버렸다. 귀하디귀한 양귀비 꽃잎 두 장을 떼어내 돌을 베고 누워 있는 키나의 눈 위에 조심스레 올려놓은 것이다.

"눈꺼풀. 내 선물이야."

꽃잎에 눈이 가려진 키나의 입술이 벌어지면서 내 평생 잊을 수 없는 미소를 만들었다. 얼굴에서 꽃이 피어나는 것 같아. 나는 홀린 듯이 몸을 굽혀 입을 맞췄다. 화성을 떠나는 순간 마지막으로 떠올린 것도 이 모습이다. 꽃잎을 덮은 채 웃고 있는 키나. 나의 친구, 나의 연인. 영원히 붉은 별 키나.

*

수조 옆에 조 버든이 의자를 가져와 앉아 있다. 한번 터지자 끝없이 밀려나오는 말들을 조금 더 잘 들어주기 위해서였다.

"다시 꽃이 피는 데 삼 년이나 걸렸어요. 덕분에 난 데이모스에게 무지하게 야단맞았죠. 데이모스가 화를 내는 건 처음 봤어요. 꽃을 건드리다니! 데이모스는 왕실 정원사라도 되는 듯이 길길이 날뛰었죠. 그러고는 '호수에 처박혀 나오지 마!'라고 소리를 질러댔어요.

보통 때 같으면 같이 소리를 지르고 말대꾸를 했을 텐데, 그날은 얼른 호수로 달려가 옷도 제대로 벗지 않고 뛰어들었죠. 얼굴이 뜨겁게 달아올랐고 머릿속은 온통 뒤죽박죽이라 식히고 싶었습니다. 호수 밑바닥에 가라앉아 무릎을 세우고 두 팔로 내 무릎을 안은 채, 고개를 묻고 심장이 쿵쿵대는 소리를 듣고 또 들었어요. 그날은 처음으로 한 시간 이상 잠수 기록을 세운 날입니다. 그렇게 단번에, 아가미로 호흡하는 법을 터득한 거예요.

나는 물속에서 호수가 내 심장소리로 진동하는 것을 가만히 듣고 있었죠. 그 순간 몸속에서 빠져나가지 못한 기쁨들이 잘 쓰지 않는 창문을 애써 열어젖힌 것처럼, 잘 보이지도 않던 아가미가 조금씩 움직이기 시작했어요. 물결에 따라 천천히 열리고 닫히는 아가미의 감각은 뭐랄까, 다정했어요. 물속에 녹아 있는 산소가 전해지는 걸 느낄 수 있었죠.

나는 숨을 쉴 수 있게 된 거예요. 마침내 물속에서 말이죠! 키스가 열어준 호흡 때문에 나는 새로운 몸으로 건너갈 수 있었어요. 말하자면 진화죠. 뭍과 물에서 살 수 있는 가능성."

수중 청음기를 든 조 버든은 여왕의 말에 고개를 끄덕거렸다.

라이카

내 삶은 인간을 사랑하는 것과 사랑하지 않는 것 사이의 투쟁이었다.

사랑, 언제나 사랑이 문제였고 지금도 그렇다.

지금은 어디인가? 다시 말해서, '지금'은 어느 장소인가? 데이모스는 여기가 화성이라고 말하지만 글쎄, 생물학적 생명이 중단된 이후 나는 '지금'을 '여기'와 같은 뜻으로 사용할 때가 많다. '벼룩들을 다시 만난 게 언제였더라? 아, 달에서였지.' '루를 발견한 건? 백이십번째로 화성을 산책하다가……' 이런 식으로 말이다.

모스크바를 떠돌던 유기견 시절에 나는 작은 성당에서 여름과 가을을 보낸 적이 있었다. 성모상 뒤의 덤불을 어슬렁거리다가 안성맞춤의 은신처를 발견했다. 치즈 색깔의 고양이가 먼저 자리를 잡았기 때문에 다툼은 피할 수 없었다. 내가 이빨을 보이며 으르렁거리자 '치즈'는 뒤로 주춤주춤 물러서면서 앞가슴의 작은 털을 뽐내듯 내밀었다. 그 애처로운 방어술이라니! 그녀의 하얀 털은 완벽한 하트 모양이었고 아마도 그 하트를 본 사람들이 한결같이 우호적인 반응을 보였던 모양이다. 그러나 나 같은 잡종견 암컷에게 가당키나 할 교태란 말인가. 치즈는 즉시 쫓겨나 성당 뒤뜰에서 새끼를 낳았다. 어쩌다 마주치면 본체만체 나를 무시했다. 우아함을 모르는 무례한 개 취급을 하면서.

나는 성당을 사랑했다. 금박 입힌 성화들이 좋았고 십자가에 못박힌 예수가 안쓰러웠다. 예수의 옆구리에는 창이 박혀 있었는데 어쩌나 실감나던지 지금 눈앞에서 죽어가는 사람을 보는 것 같았다. 제대 왼쪽에 놓인 성자의 조각상에도 고문받는 자의 공포가 어려 있었다. 보고 있으면 좀 아리송했다. 인간들이 숭배하는 것이 성자인가, 고통인가? 내가 보기에는 고통 쪽 저울이 좀더 무거웠다. 그렇지 않고서야 저렇듯 생생하게 고통을 묘사할 필요가 있을까?

벨벳 쿠션에 무릎을 꿇고 기도하는 사제의 뒷덜미, 꺼지는 법이 없는 기원의 작은 촛불들, 솜털이 가시지 않은 복사들의 종종걸음, 궁륭 가득 울려퍼지는 파이프오르간 소리…… 성당은 영성이 담긴 그릇 같았고 나는 그 안에서 첨벙거리기를 좋아했다. 그렇지만 개는 세례를 받을 수 없기에, 죽어서도 천국에 가지 못하고 이렇게 우주라는 연옥을 헤매는 모양이다.

데이모스의 목이 지구를 올려다보느라 미세하게 삐뚤어진 것처럼 나 역시 우주로 나오면서 어딘가 삐딱해진 것이 틀림없다. 내 혓바닥이 지나치게 매끄러운 것, 연극 조로 떠벌리지 않으면 속마음을 말할 수 없는 것, 지시하고 명령하기를 좋아하는 것은 천성이다. 그러나 우주로 나오면서 한층 두드러지게 되었다.

세 살까지는 사뭇 달랐다. 터럭 하나 세지 않았고 컹컹 목소리는 낭랑하기 그지없었으며 똥구멍에서 나는 냄새조차도 향기롭던 시절, 내게는 촉촉하고 반들반들한 코가 있었다. 후각은 본능이자 지성이었고 적과 친구, 안전한 잠자리와 위험한 잠자리, 아름다움과 추함을 구별하게 해주었다. 조향사처럼 코끝을 킁킁거리는 내 영리한 모습은 루마니아, 헝가리, 몽골에서 만들어진 기념우표에 잘 표현되어 있다. 나는 루마니아 우표가 마음에 든다. 반면 모스크바에 세워진 내 동상은 근엄하게 점잔을 빼고 있어 민망하다.

나는 처음이자 마지막 출산을 통해 네 마리의 귀여운 아이들을 낳았다.

수녀님이 데려가신 세 마리는 지구에 내 후손을 퍼뜨렸을 것이다. 가엾은 막내 코스텔로만 석 달도 못 채우고 세상을 떠나버렸다. 작은 사지가 뻣뻣하게 굳어가는 순간 나는 알고 있는 모든 기도문을 동원해 자식을 살려달라고 기도하다가 나중에는 저주를 퍼붓고 말았다. 그 때문인지 기도는 이상한 방식으로 응답을 받은 듯하다. 코스텔로가 없는 세상에서 살고 싶지 않다고 했더니 이런 세상으로 나와버렸지 않은가.

새끼를 잃은 당시 내 마음을 달래주는 것은 손가락이 여덟 개인 기타리스트 바실리밖에 없었다. 마을 광장에서 그의 연주를 듣고 나는 즉시 사로잡혔다. 바실리는 기타를 끝내주게 치지만 교도소에서 손가락 두 개를 잃은 후 삶의 의욕이 꺾여버린 사람이었다. 그는 구걸에 가까운 방식으로 살아갔다. 광장에서 기타를 치고 받은 약간의 돈으로 빵과 술을 산 다음 야영을 하거나 누군가의 헛간에서 잠을 청하는 식이었다. 멀찍이서 따라다니는 나에게 바실리는 먹던 빵의 일부를 던져주었다.

"너도 참 어지간하다. 나를 택하다니."

우리 둘 다 외로웠기 때문에 서로를 길들였다. 바실리는 알코올중독자였지만 유일하게 나를 때리지 않은 주인이었다. 또다시 인간과의 사랑에 빠진 어느 날, 바실리는 기차역에 나를 앉히고 네 곡을 내리 연주해주더니 작별의 인사를 건넸다.

"여기서부터는 혼자다. 좋은 여행이 되길."

그를 태운 기차가 출발하자 나는 미친듯이 따라 달렸다. 이해할 수가 없다. 이렇게 버릴 거라면 왜 나를 길들였는가? 빵과 온기, 여덟 손가락이 빚어낸 기타 선율에 이미 젖어 있는데, 이렇게 버림받는 건 몽둥이로 맞는 것보다 더 지독한 일인데 말이다.

자기 파괴적인 충동에 휩싸인 나는 들개들과 싸움을 벌이다 몇 달 동안 절룩거릴 만큼 큰 상처를 입었다. 그래야 바실리를 추적하는 것을 포기할 수 있었으니까.

*

나처럼 생존 능력이 강한 길거리 출신들은 절대로 방심하지 않는다. 다만 그해 겨울 모스크바는 너무나 추웠고 실내로 들어가지 않으면 동사할 수밖에 없었다. 성당에 들어갔던 것과 똑같은 이유로 연구소에 들어갔다. 즉, 문이 열려 있었기 때문이다.

실험동물이 된 나는 '영리하고 순종적이다'라는 평가를 받았다. 원심분리기 중력가속도 실험이나 진동 기계 훈련에서도 침착했고, 발사 소음을 재현한 훈련에도 다른 경쟁자들에 비해 월등한 성적을 보였기 때문이다. 당연한 일이다. 거리생활의 혹독함을 견딘데다 연이은 불운 탓에 어지간한 스트레스에도 동요하지 않을 수 있었다. 이것이 장점이 되어 자꾸 '선발 그룹'에 포함되었고, 위로 올라갈수록 밥그릇에 고기가 듬뿍 들어 있었다.

개별의 인간에게 마음을 주지 않으리라는 결심은 잘 지켰지만 한 무리의 인간, 연구소 식구 전체에게 마음이 끌리는 것은 어쩌지 못했다. 번갈아가며 나를 돌봐주고 실험에 몰두하고 우주를 바라보며 불타는 이상주의자들. 똑똑하고 활기 넘치는 그들에게 중요한 존재로 여겨지는 것은 육즙 가득한 고기만큼이나 달콤한 맛이었다.

스푸트니크 2호에 오르던 밤, 그들은 나에게 마지막 성찬식을 베풀었다. 따뜻한 수프와 고기, 디저트까지 갖춘 호화로운 식사였다. 내 인생에서 가장 수치스러운 일은 그걸 맛있게 먹고 내 발로 로켓에 올라갔다는 것이다. 엔지니어인 샤바로프가 캡슐 안이 춥다며 온풍기를 가져와 공기를 따뜻하게 데워주었다. 그러니 카운트다운이 시작되는 순간까지도 그들의 호의를 믿을 수밖에. 멍청한 라이카. 그렇게 당하고도 또다시 인간의 손길을 믿어버리다니.

연구원들은 기타리스트와 똑같은 작별의 말을 건넸다. 나에게는 하나의 저주처럼 들리는 주문.

"여행 잘하렴, 라이카."

마지막 여행은 아직도 끝나지 않은 셈이다.

*

나의 최후는 트램펄린 위로 높이 솟아오르다가…… 다시는 땅에 돌아오지 못한 것과 비슷하다.

겁쟁이 인간들을 대신해 우주로 나갔더니 일곱 시간 만에 개죽음이라. 나는 우주 영웅이 되고 싶지 않았다. 개똥밭에 굴러도 이승이 좋다고 하지 않나. 사람들은 우주로 나간 최초의 인간 유리 가가린이 살아 돌아올 수 있던 것이 실험동물 라이카가 남긴 생체 데이터 때문이라고 칭송한다. 하지만 내가 원한 업적은 아니었다.

발사의 순간 엄청난 스피드가 느껴졌고 고막이 찢어질 듯 아팠다. 내 뒤로 또다른 짐승들이 울부짖는 소리가 들려왔다.

"소용없어. 어차피 다 죽게 되어 있으니까."

체념 조로 달래는 소리의 주인공은 회색 토끼였다. 스푸트니크 2호에는 나 외에도 토끼 한 마리와 실험 쥐들이 탑승해 있었다. 그들은 왕의 무덤에 함께 묻히는 부장품과 다를 바 없는 신세라 이름조차 없었다. 서서히 캡슐 온도가 치솟기 시작했고, 모두 쇼크로 기절했다.

눈을 떴을 때 몸이 간지러웠다. 벼룩들이 힘차게 피를 빠는 것이 느껴졌다. 네 마리의 벼룩들에게 우주 비행사들의 이름을 붙여주었지만 그건 아주 나중의 일이다. 암스트롱이 달에 착륙한 이후 많은 인간이 우주로 나아갔지만 내 입장에서 그들은 내 피를 빠는 벼룩이나 다를 바 없었다.

"너희들 맞니? 그대로 있는 거야?"

벼룩은 나무에 매달린 원숭이처럼 즐겁게 털 사이를 뛰어다녔다. 도약은 높고 느렸다. 중력 때문일까? 이 모든 사실을 판단하고 인지한다는 점에서, 감각이 존재한다는 점에서 나는 내가 살아 있다는 결론을 내렸다. 벼룩들이 피를 빤다면 피가 있고 살이 있고 신체가 있다는 건데. 무슨 영문인지 모르겠으나 나 혼자 우주로 나오는 데 성공한 것이 아닐까? 속 편하게 이런 추론을 하고 있었다. 샤바로프를 재회하기 전까지는. 발사 직전 마지막으로 내 코에 입을 맞춘 다정한 엔지니어.

처음에는 그를 알아보지 못했다. 풍성한 말총머리 대신 대머리에 살이 찐 노인이 나를 반겼을 때 연구소에서 보던 그의 젊은 모습을 떠올리지 못한 탓이다. 샤바로프는 눈물을 흘리며 모든 것을 털어놓았다.

"귀환 로켓은 애초부터 없었어…… 속여서 미안하다. 라이카는 비행을 마친 후 편안하게 안락사될 거라고 발표했지만 모두 거짓이었단다. 넌 우주로 나간 최초의 포유류야. 인류의 자랑이라고. 그런 영웅이 몇 시간도 안 돼 개죽음을 맞았다는 말은 할 수 없었다. 난 죽는 날까지도 너를 보낸 게 마음에 걸렸단다."

'당연히 개죽음이 맞잖아. 내가 개지 사람이야? 착각하지 마. 내가 죽은 건 인간 때문이 아니라 빌어먹을 내 본능 때문이니까.'

샤바로프는 내 등을 연신 쓰다듬었다. 모욕감이 덮쳤지만 가만히 있었다. 나는 충전하고 있었다. 애정어린 인간의 스킨십을. 이런 나 자신에게 모멸감을 느끼지만 저항할 수 없다. 개들은 왜 인간을 사랑하도록 진화한 것일까? 논리적으로 나는 인간을 증오한다. 그러나 번번이 같은 실수를 저지르고 만다. 내 마음에서 인간에 대한 사랑을 빼버릴 수 있다면 이토록 이상한 꼴로 영생하지도 않았으리라.

붉은 별에 도착했을 때 평화를 느꼈다. 이 별에는 인간은 고사하고 개미 새끼 한 마리 보이지 않았으니까. 황폐한 오렌지 빛 사막이 성모상 뒤의 덤불처럼 아늑하게 느껴졌다. 이곳은 사랑할 인간이 없으므로 안전했다. 나는 나 자신으로만 존재할 수 있을 것이다.

그러나 루가 왔다. 삼백 년의 시간을 가로질러. 죽음밖에 남지 않은 짧은 생을 시작하기 위해 나에게 왔다. 루는 연약했다. 보호가 필요했고 아는 것이 적었으며 가진 것은 더 적었다. 고장난 우주선과 짧은 수명. 그게 다였다. 하지만 웃음만은 태양처럼 밝았다. 그 환한 웃음은 인공 심장에서부터 시작된 온기가 내부를 따뜻하게 데우고 밖으로 흘러넘치는 듯했다.

루는 비스듬히 처박힌 우주선에서 발견되었다. 안에는 열두 마리의 실험동물이 들어 있었는데 그녀를 제외한 나머지는 상한 과육처럼 흘러내리고 있었다. 캡슐 안을 살펴보다 내 가엾은 막내 코스텔로를 닮은 검은 눈동자와 마주쳤다. 보다 좋은 것은 냄새, 루의 냄새였다. 부패한 시체들 사이에서 보석처럼 빛나는 루의 체취는 복잡하고 미묘했다. 삼백 년이나 냉동되어 있던 몸에서 나는 냄새가 좋을 리 없었지만 살아 있는 인간의 냄새를 들이마시자 나는 아찔했다.

루는 성인 여자의 신체와 지성을 가지고 있었지만 기억이 지워져 매사 어리둥절해했다. 자세히 보니 사람도 아니었다. 손가락과 발가락에 박쥐의 비막처럼 엷은 물갈퀴가 달린데다 귀 뒤에는 희미하게 아가미가 묻혀 있던 것이다. 함께 지낸 지 보름쯤 지났을 때 나는 더 나쁜 사실을 깨달았다.

물결사막 '에덴'으로 산책을 나간 날이었다. 먼지 폭풍이 불어오자 겁먹은 루가 나를 꼭 껴안았다. 숨막힐 듯한 포옹 속에서 희미한 심장박동을 느꼈다. 뛰는 심장이 두 개였다. 오, 이런.

"너, 임신했구나. 암컷이었어! 정말이지 인간은 잔인해. 임신한 동물을 어떻게 우주로 내보낼 수 있어?"

루의 뱃속에 태아가 들어 있다는 것을 알게 된 날, 데이모스를 발견한 것은 여러모로 의미심장하다.

먼지 폭풍이 사라지고 루의 품에서 풀려나온 다음에도 나는 흥분을 가라앉히지 못하고 이리저리 뛰어다니고 있었다. 나는 생각이 복잡할 때 일단 달리는 버릇을 평생토록 고칠 수 없었다. 그런 나를 보면서 루는 멍하니 앉아 있었다. 브레인워싱으로 인해 자신의 과거가 아무것도 기억나지 않는데다 임신했다는 소리를 듣자 헛웃음만 나왔다고 했다. 그처럼 자신에 대해 아는 것이 전무했는데도 지성은 온전했고 관찰력도 뛰어났다. 땅속에 반쯤 묻혀 있던 데이모스를 먼저 발견한 것도 루였다.

우리는 잔뜩 경계하며 그 이상한 물체에 천천히 다가갔다. 세탁기만한 크기에 호스가 달린 물체는 먼지를 뒤집어쓰고 있긴 했지만 부식의 흔적 없이 매끈했다. 아래까지 파내보니 레일형 바퀴가 달려 있었다. 순간 뭐라 말할 수 없는 직관이 하나의 명령어가 되어 머리를 내리쳤다.

'저것을 가져가.'

우리는 고철 로봇에 긴 끈을 달아 우주선까지 질질 끌고 왔다. 임신 초기의 중요성을 알고 있는 나는 루가 무리하려 할 때마다 폭풍 같은 잔소리로 뜯어말렸다. 틈틈이 휴식시간을 가졌기 때문에 집으로 돌아가는 발걸음은 꽤나 더뎠다.

로봇의 태양 전지판을 깨끗이 닦아 햇빛이 잘 드는 창문 아래 놓아두니 꼭 화분에 씨앗을 심어놓고 싹트기를 기다리는 듯한 기분이 들었다. 이렇게 연식이 오래된 기계에는 클래식한 기품이 있다. '당시의 최고 사양'만이 가질 수 있는 고풍스러움이라고 할까. 로봇은 우리가 그 존재를 잊어버릴 만큼 오랫동안 깨어나지 않았다.

어느 아침 말러 교향곡 5번의 선율이 우주선을 가득 채웠다. 기지개를 켠 기계의 정중한 인사였다. 충전을 마친 탐사로봇 데이모스는 '아홉 번씩 아흔 번'의 부팅 시도 끝에 반 세기간의 동면에서 깨어날 수 있었다고 말해주었다. 일곱 번씩 일흔 번 용서하라던 성경 구절이 떠오르면서 저 양반도 꽤나 괴짜구나 싶었다.

차차 알게 되었지만 데이모스는 정말 쓸모가 많았고 어떤 의미에서는 창조주에 가까웠다. 데이모스가 발견한 '우물'이 호수로 변하고 커피포트만한 '태고 수프'가 그럴싸한 생태계로 발전하기까지 걸린 시간을 생각해보라. 우리는 젊은 신과 함께 살아가는 것이나 다름없었다.

이렇게 우리는 셋이 됐다. 유령 개, 냉동 상태에서 깨어난 실험동물, 방전되었다가 되살아난 탐사 로봇—아니다, 뱃속의 아이까지 더하면 넷이구나. 나는 항상 숫자 4를 좋아했다. 4는 직사각형의 안정감을 지녔고, 바실리의 기타 연주가 들려오던 모스크바의 아름다운 광장을 떠올리게 한다.

데이모스는 간단한 혈액검사만으로 루의 임신 주 수를 알려주고 나중에는 태아의 심장소리도 들려주었다. 전속력으로 우리에게 달려오는 우주선 소리 같은 심장박동을 듣는 순간부터 내 본능은 완전히 살아났다. 처음부터 나는 그 아이를 사랑하지 않을 자신이 없었다.

루는 잘 웃었다. 내부의 즐거움을 밖으로 보이는 데 아무런 문제를 겪어보지 못한 자들만 웃을 수 있는 방식으로. 어린애같이 순수하게 기뻐하면서 말이다.

"저것 봐, 별들의 고리가 얼마나 아름다운지!"

아무것도 없는 황무지에도 루는 경이로운 시선을 보냈다. 아기 침대를 만들던 데이모스가 비스듬히 올려다보았다. 토성의 고리처럼 자기만의 고리를 달고 있는 별 하나를 가리키던 루는 손가락을 들어 각도를 맞추고 약지를 아래로 내려뜨렸다. 마치, 반지를 끼우듯이.

"봐, 예쁘지?"

젊고 예쁜 루. 생명의 장작불이 타버리고 있는 줄 모르고 환하게 웃는 모습이 지금까지도 내 심장에 아프게 남아 있다. 출산일이 다가오면서 데이모스가 비밀을 털어놓았다. 루의 남은 수명은 뱃속의 아이가 태어나는 순간까지라고 말이다.

"아이가 태어나면 루는 죽게 될 거야. 그녀의 역할은 뱃속에 있는 아이를 무사히 실어나르는 것에 지나지 않아. 이미 맥박이 느려지기 시작했어."

"태아와 루의 차이가 뭔데? 루도 화성에서 지낼 수 있도록 만들어진 것 아니야?"

"태아는 화성에서 태어나 성장하는 시간을 갖게 되잖아. 루는 지구에서 만들어졌기 때문에 시간과 경험이라는 축적이 없어. 당분간만 견딜 수 있도록 만든 운반용 캐리어에 불과해. 알을 낳은 즉시 죽음을 맞이하는 물고기처럼."

"그런데 왜 저렇게 예쁘고 착하게 만들어?"

인간들의 잔인함은 끝이 없었고, 인간에 대한 나의 사랑 또한 끝이 없으리라. 느닷없이 치즈가 떠올랐다. 앞가슴에 난 하트 모양의 하얀 털을 잘 보이도록 내밀었던 성당 고양이. 루의 사랑스러움은 치즈의 하트처럼 무용하고 예쁘기만 했다.

나는 목소리를 낮춰 도저히 제정신으로 할 수 없는 무서운 질문을 던졌다.

"만약에…… 태아가 사산된다면? 그러면 루는 더 오래 살 수 있어?"

데이모스의 얼굴빛이 꺼졌다. 작동하지 않는 전자레인지처럼. 그것은 '무표정'이었다. 답하기 어렵거나 연산이 불가능한 질문이 나올 때 데이모스는 텅 빈 얼굴이 된다. 대답은 그것으로 충분했다.

"은총이 가득하신 마리아님 기뻐하소서. 주께서 함께 계시니 여인 중에 복되시며 태중의 아들 예수님 또한 복되시나이다. 성모님, 우리 루를 지켜주소서. 당신도 동정으로 잉태한 처지니까 저애가 얼마나 가엾은 상태인지 잘 알지 않습니까. 게다가 여기는 화성입니다. 우리에게는 은총이 절대적으로 필요합니다. 원하시면 제 벼룩들을 모조리 가져가셔도 좋습니다. 생사를 함께한 분신이지만 기꺼이 바치겠습니다. 제발, 이 빌어먹을 여자야, 루를 지켜달라고!"

출산이 시작되었을 때 나는 제정신이 아니었다. 느닷없이 우주선이 세 대나 착륙했고, 그래서 집을 나와 '우물'이 있는 은신처로 피해야 했고, 도착하자마자 루의 양수가 터졌다. 나는 공포에 질려 멀리서 번쩍이는 우주선의 화염과 고통으로 일그러진 루의 얼굴을 번갈아 쳐다보았다.

우물에 양수가 섞여들었다. 자연분만 외에 방법이 없었기 때문에 물속에서의 출산이 통증을 덜어줄 것이라며 데이모스가 내린 결정이었다. 데이모스의 기계 팔을 꽉 붙들고 있는 루는 번개를 맞아 두 쪽으로 갈라지는 사람처럼 온몸을 비틀었다.

우물에 피가 번졌다. 자기가 만든 피 웅덩이 속에서 루의 얼굴은 서서히 하얗게 변해갔다. 마침내 포궁이 열리자 나는 성모와 모든 성인에게 필사적으로 기도를 드렸다. 그러나 코스텔로가 죽어갈 때처럼 기도는 어느새 욕설과 저주로 바뀌고 말았다.

'고마워.'

소리 없는 입술 인사를 마친 루는 작별인사 대신 간신히 미소를 지어 보이더니 축 늘어져버린 것이다. 고개를 내 쪽으로 돌린 채. 나는 루가 마저 하지 못한 나머지 말을 알아듣는다.

'부탁해.'

맥을 잡아보던 데이모스가 조용히 루의 눈을 감겨주었다. 화성의 오렌지빛 하늘을 담고 있던 루의 눈동자가 사라지자 일곱 달 동안 유지됐던 직사각형도 무너져버렸다.

그러자 이상하게 마음이 가라앉았고 정신이 돌아왔다. 남은 생명은 단 하나. 우리는 슬퍼할 새도 없이 죽은 루의 포궁을 들여다보았다. 나는 불 꺼진 방에 노크하는 사람처럼 떨리는 손으로 조심스레 배를 두드리며 말했다. 이제는 네 힘으로 나와야 한다고, 시간이 없다고 말이다.

"거기에는 하늘이 없잖아."

태아의 말은 자기 몸을 등속에 집어넣은 거북의 목소리처럼 생경했다.

"먹을 것도 시원찮고, 물도 없잖아."

"무엇보다, 엄마가 없잖아."

마야, 그 당돌한 것은 처음부터 우리에게 말대꾸를 했다. 오렌지빛 하늘도 있고 우물도 있고 식량도 있다고 고분고분 대답해주다가…… 참지 못하고 폭발했다.

"말 더럽게 많네. 그만 나불대고 썩 나오지 못해!"

결국 마야는 데이모스의 팔에 잡혀 쑥 밀려나왔고 여느 신생아처럼 우렁차게 울었다. 나도 울었다. 울면서 미끄덩거리는 몸뚱이를 핥고 또 핥았다. 죽은 루가 가엾어서 눈물이 났고 엄마 없이 태어난 마야가 가엾어서 또다시 눈물이 났다. 너무 울어대는 바람에 코가 콱 막힌 상태에서도 나는 아이의 체취를 맡았다. 냄새는 또다른 직관으로 내게 명령을 내렸다. 저 아이는 반드시 지켜야 해.

그후로 갓난쟁이를 어르면서 나는 늘 속삭인다. 너는 세상에서 가장 좋은 냄새를 가진 아이야. 우리 꼬맹이 숨골에서 나는 냄새보다 더 달콤한 건 이 우주에 없어.

*

지구인들이 가루로 변해버린 것이 천만다행이었다.

마야가 태어나던 날 화성에 온 세 대의 우주선들은 불시착 전부터 화염에 휩싸였고 생존자는 전무했다. 성경을 빌려온다면 하늘에서 만나가 떨어진 격이었다. 급식 튜브에 진공 포장된 비상식량, 비타민과 각종 영양제까지. 난파선에서 쓸 만한 물건을 가져오듯 우리는 잔해를 뒤져 식량을 잔뜩 챙겼다. 그 후로도 몇 년 동안이나 우리는 소풍을 가듯 우주선으로 가서 건질 것이 없나 뒤지곤 했다.

"누가 성당 개 아니랄까봐 걸핏하면 성경을 인용하고 그래?"

태어나기 전부터 말할 줄 알았던 마야에게는 한 가지 일관된 성격이 있는데, 건방지다는 것이다. 자기가 똑똑하다는 것을 잘 알고 있는데다 아무리 까불어도 결국은 감싸주는 이모 1, 바로 나 때문일 것이다. 이모 2, 즉 데이모스는 기계라 그런지 너무 정이 없다. 인정사정없는 커리큘럼을 짜놓고 마야를 재촉한다거나 편식을 고치려고 사흘을 굶기는 식으로 엄격함을 유지했다.

"화성에서 애를 박사로 만들 것도 아니고 대체 5개 국어는 왜 하는 거냐? 지구 언어를 이렇게 많이 배울 필요가 뭔지 당최 속을 모르겠다."

"언어는 지능을 높이기 위해서라도 꼭 필요한 거야. 마야의 남아도는 지성은 적절하게 이끌어주지 않으면 우울증으로 변해버릴 수도 있어. 뭘 좀 알고나 떠드시지."

"그럼 간식이라도 늘리자. 먹거리가 빤한데 물릴 만도 하잖아. 쟤가 과일을 먹어봤냐, 신선한 채소를 먹어봤냐? 건조식품밖에 못 먹는데 어린것이 안됐잖아."

"개 버릇 남 못 준다고, 어릴 때부터 편식하고 단맛에 맛들이면 커서도 못 고쳐."

"말 다 했어? 거기서 개가 왜 나와?"

우리 둘이 다투고 있으면 마야가 "지겨워 죽겠네, 싸우지 좀 마"라고 느긋하게 말했다. 얄미운 것! 내 속도 모르고.

다른 건 그렇다 쳐도 잠수 연습만은 안타까워 볼 수가 없다. 데이모스는 마야가 걸음마를 시작하자마자 수영도 가르쳤다. 마야가 물갈퀴를 이용해 금방 물에 뜨자 이번에는 가라앉는 법을 가르쳤는데 그 이유가 걸작이다. 귀 뒤에 묻혀 있는 아가미로 호흡하는 방법을 익혀야 한다는 것이다. 물론 나는 최선을 다해 말렸다. 생존 수영은 내가 진작에 가르쳐준 개헤엄만으로도 충분하다고 말이다.

"아가미는 폼으로 달린 거야. 마야가 입과 코로 숨을 쉬지 언제 아가미로 숨쉬는 것 봤어? 쟤는 그냥 인간 꼬마일 뿐이야. 물고기가 아니라고!"

억지로 잠수하다 구역질을 해대는 마야를 보면서 소리를 지르면 데이모스는 기다렸다는 듯이 반박했다.

"성장이 끝나기 전에 진화를 완성해야 해. 화성이 어떻게 변할지도 모르고 지구인들이 또다시 침공해올지도 모르는 거잖아. 마야는 뭍과 물, 양쪽에서 살아갈 방법을 터득해야 해. 우리는 루가 죽었을 때 저애를 지키겠다고 맹세했잖아. 만에 하나 우리가 없어지고 마야 혼자 남는다면? 너의 혼이 흩어지고 내가 고장나버린다면? 우리 중 생명체는 저애 하나야. 너나 나하고는 다르다고."

"혼자 남는다고?"

마야가 토하다 말고 겁에 질려 울먹거렸다. 나는 벌벌 떠는 아이를 핥아주며 어깨 너머로 데이모스를 째려보았다. 순간 앵무새의 새장을 검은 천으로 덮어버리는 상상을 했다. 앵무새는 그렇게 하면 입을 닥치던데 데이모스는 충전지를 빼놓든지 해야 할 것이다.

하지만 유기견 출신인 나는 주제 파악이 빠르다. 로봇에게 생활의 대부분을 의탁하는 처지이니만큼 화를 억누르며 조용히 말했다.

"저애는 태고 수프 속 박테리아가 아니야. 마야가 사춘기라는 걸 잊지 말아줘. 내 부탁은 그거 하나야."

*

'냄새 수업'은 유일하게 내가 마야의 선생이 되는 공부였다. 돌과 흙밖에 없는데다 지독히 추운 화성에서 맡을 수 있는 냄새는 그다지 없었으나 데이모스는 조향사처럼 태고 수프에서 추출한 재료로 여러 향을 합성해냈다. 나는 데이모스가 만들어준 냄새 키트를 가지고 마야의 후각을 훈련시켰다.

근육 질환 환자를 위해 개발된 보톡스가 미용 시술용으로 바뀌었듯이 냄새 수업은 후각보다 훨씬 더 넓은 의미의 감각 수업이 되었다. 새로운 향을 맡을 때마다 신기루가 나타났기 때문이다. 유칼립투스와 삼나무를 비롯한 나무 향기를 맡던 날, 지평선 너머 흐릿하게 숲의 모습이 비쳐들었다. 그중 한 그루는 온몸에 알전구와 장식을 두르고 뽐내듯 우리에게 다가오기까지 했다.

"삼나무 냄새를 맡았더니 크리스마스트리가 나타나네!"

마야는 박수를 치며 좋아했는데 이것은 그날만의 우연은 아니었다. 과일 향을 맡은 날엔 둥둥 떠다니는 과일 바구니가, 꽃향기를 맡은 날엔 꽃들이 만발한 정원이, 후추와 계피, 고수 향을 맡은 날엔 향신료가 듬뿍 뿌려진 요리들이 나타났다. 성냥팔이 소녀의 짧은 환영처럼, 손 몇 번 휘저으면 사라지고 마는 허망한 시간이었지만 황무지에서 살아가는 우리에게는 황홀경을 보는 것과 다를 바 없었다.

여러 방법으로 확인해보니 신기루는 자연발생적으로 나타

난 것이 아니라 마야가 불러낸 것이었다. 나는 신기루를 볼 수는 있으나 만들 수는 없었다. 데이모스는 한술 더 떠서 아예 신기루 자체를 보지 못했다. 마야와 나는 데이모스의 '무능'이 신기해서 놀리기까지 했는데 데이모스가 우리보다 뒤떨어지는 부분을 별로 발견하지 못한 탓이다.

그런데 한편으로는 냄새 수업이 후각 훈련보다 환상을 보는 용도로 바뀌는 것이 아닐까, 신기루를 보는 것이 아이의 정신 건강에 해롭지는 않을까, 극단적으로 말해 중독되어버리지 않을까 하는 노파심도 들었다.

"괜찮을 것 같아. 키트만 잘 관리하면."

의외로 데이모스는 관대한 반응을 보였다. 술도 이성교제도 할 수 없는 마야에게 그 정도는 허용해주자는 것이다. 내가 로봇보다 보수적인가 잠깐 반성했을 정도로 쿨한 태도였다. 그러나 신기루 속에서 죽은 루의 모습을 보자 마음이 또다시 복잡해졌다.

"너, 저 사람이 누군지는 알고 있는 거야?"

마야는 태연하게 말했다.

"엄마지 누구야."

"본 적도 없는데 어떻게 알아?"

"뱃속에 삼백 년이나 있었잖아. 나한테 말을 가르쳐준 것도 엄마인걸. 목소리를 듣자마자 알았어."

입을 다물지 못하고 있는데 마야는 보다 놀라운 사실을 털어놓았다.

"어릴 때부터 엄마가 꿈속에 나타나 잠 가루를 발라줬어."

"잠 가루?"

마야의 손가락 하나가 내 이마의 오른쪽부터 왼쪽으로 낮은 호를 그리며 천천히 지나갔다. 조심스럽고 신중하게, 어떤 의식을 집행하는 것처럼. 손가락이 이마를 쓰다듬자 저절로 눈이 감겼다.

"무지개 색깔부터 시작해…… '체리의 빨강, 레몬의 노랑, 주홍은 오렌지와 당근으로 만들었고 초록은 막 돋아난 모든 나뭇잎에서 가져왔지. 파랑은 바다의 색깔인데 더 깊은 바다는 햇빛이 닿지 않아 남색으로 짙어져. 그리고 마침내 보라, 어두워지기 전에 노을 가장자리에서 생겨나는 보라색이지. 바다에는 이 모든 색깔이 펼쳐져 있어. 바다가 뭐냐면……' 엄마는 이렇게 속삭이면서 색깔을 가르쳐주었어."

바다에 대한 묘사는 혹등고래와 돛새치와 에인절피시에 대한 이야기로 이어졌고 감은 눈 안에 신기루 같은 풍경이 펼쳐졌다. 나는 문득 깨달았다. 마야의 지성과 환상은 모두 루에게서 기인한다는 것, 마야가 어떤 식으로든 루와 '연결'되어 있다는 것. 아무것도 없는 황무지에서 마야의 상상력이 풍부하다는 것은 다행이었다. 아무것도 없기 때문에 마야가 더 많은 꿈의 물감을 풀어내는 것인지도 모르겠지만. 마음이 짠해진 나는 마야의 앙상한 어깨를 훑어주었다.

'그렇게 사랑하다가는 슬퍼지게 될 거야.'

순간 이런 목소리가 들려왔다.

'그나마 아지랑이 같은 상태라도 유지하려면……'

'항상 더 사랑하는 쪽이……'

'위험해지고 말아.'

양쪽 귀에서 울려퍼지는 소리는 벼룩의 속삭임이었다. 사중창처럼 말끝을 이어가며 나에게 경고를 하고 있었다. 너무 사랑하다가는 최소한의 '그릇'마저 잃어버리게 된다고. 그릇이란 몸 없이 모여 있는 내 영혼을 말하는 것이다. 나 역시 그들이 살아가는 최소한의 '그릇'이었으니까.

그러나 저 애틋한 존재를 어떻게 사랑하지 않을 수 있을까? 그건 우주의 누구도 가르쳐줄 수 없었다.

데이모스

오늘같이 추운 밤이면 동력을 끌어올려 발열을 한다.

그러면 라이카와 마야는 내 양쪽에 몸을 붙이고 눈을 감는다. 그들은 이내 잠과 꿈이라는 다른 칸막이로 떠났고 나는 혼자 남겨진다.

자는 얼굴은 상당히 흥미롭다. 서서히 오르내리는 가슴과 배의 움직임, 깊이 몰두하는 표정으로 내쉬는 숨. 마야는 가끔 소리내어 웃거나 잠꼬대를 하고 라이카는 입맛을 다시거나 옅게 코를 곤다. 드물게 눈물을 흘리기도 하는데 그러면 무슨 꿈을 꾸었느냐고 묻고 싶은 것을 참아야 한다. 일상의 몇 조각, 무의식 아래로 가라앉은 경험, 막연하게 바라는 소원, 그런 것들이 눈덩이처럼 뭉쳐진 것을 '꿈'이라고 부른다는데 개념을 알아도 추측하기는 쉽지 않다.

그들은 꿈을 꾸고 신기루를 본다. 나는 꿈꾸지 못하고 신기루 또한 보지 못한다. 나는 이 결함을 소중히 여기고 있다. 결함은 로봇이 가질 수 있는 최대한의 개성이다. 금간 부분이 있어 특별해지는 도자기처럼 특정한 것에 대한 나의 무능이나 유치하게도 인간 흉내를 내는 것, 이런 것들이 데이모스라는 개별 주체를 특별하게 만들어준다고 생각하고 있다.

라이카는 이따금 나를 '계산기'라고 놀리지만 생각은 연산을 넘어선다. 판단을 내릴 뿐 아니라 판단에 따른 일정한 반응을 모아 의식이라고 부를 만한 파티션을 가지고 있다는 것. 그 안에 친구들에 대한 우정이 고여 있다는 것. 이런 것을 고려하면 나는 사물이 아니라 사고에 가깝다. 사고를 할 수 있으므로 개별적 주체라고 봐야 옳다. 심장 세포를 모아놓으면 무슨 일이 생기는지 아는가? **박동**이 생겨난다. 세포 단위에서는 없던 일이 벌어지는 것이다. 생물체는 아니지만 내게 벌어진 일이다. 스스로 사고하는 지능을 가졌고 그 위에 경험이 쌓인 나는 사고가 뭉친 '사고뭉치' 아니겠나. 이런 썰렁한 농담을 하는 것만 봐도 얼마나 진화했는지 알 수 있다.

라이카 역시 스스로를 죽은 개라고 생각하지 않는다. 벼룩이 피를 세게 빨기 시작하면 "아야!" 하고 비명을 지르고, 소풍을 떠날 때마다 코를 킁킁거리며 앞장서는 이 개는 기묘한 감각을 유지하고 있다. 통증과 다정한 마음을 지닌 라이카는 나와 마찬가지로 자신의 존재에 의심을 품지 않는다.

마야는 선캄브리아기의 생물처럼 만들다 만 것 같긴 해도 '인간'으로 분류할 수 있을 것이다. 이족보행 포유류인데다 아가미 호흡을 못하는 것으로 보아서 말이다. 제 어미에게서 태어나 하루가 다르게 자라고 다채롭게 말썽을 부리는 마야는 어엿한 생명체다. 그리고 태양이라고 할 수 있다. 라이카와 나는 태양의 주변을 도는 위성이며 인간을 양육하는 비인간이다. '비인간'이라는 표현 또한 인간에게서 빌려왔다. 이 표현은 '인간'을 제외한 나머지를 뭉뚱그리는 말이기에 종 차별적이며 제한적으로 평등하다. 나와 라이카와 버섯과 박테리아 모두 평등하게 비인간이다.

루에게서 마야를 받아낸 이후 라이카와 나는 힘을 합쳐 양육을 해왔다. 신체를 단련시키고 공부를 돕고 이따금 화석 발굴 여행을 하거나 고장난 우주선들의 무덤으로 소풍을 떠나면서 마야가 단조롭지 않은 성장기를 보낼 수 있도록 노력했다. 양육 방식을 두고 다툼이 잦았지만, 결과적으로 나의 냉정함과 라이카의 다정함이 섞여 마야는 '눈에 넣어도 아프지 않을' 사랑스러운 아이로 자라났다. 이 표현은 매우 기괴해서 인간적이다.

마야의 키가 내 키보다 커지는 동안 우물은 호수로 변했고 주변으로 작은 숲이 우거졌다. 나무와 풀과 꽃과 새, 벌과 거미를 비롯한 곤충과 개구리, 도롱뇽, 물고기 들이 태어났다. 어린 지구가 압축적 성장을 해냈듯이 진화를 이루어낸 것이다. 진화는 일종의 하모니로서, 화음이든 불협화음이든 전에 없던 생물을 만들어내곤 했다. '정원사'에 가까운 나는 이 모든 것을 뿌듯하게 바라보고 있다. 나는 여전히 박테리아, 꽃, 균류, 동물을 키우면서 또다른 태고 수프를 관리하고 숲을 돌보고 있다. 은유적으로 표현하자면 마야는 우리의 정원에서 가장 아름답고 향기로운 꽃이다.

이 오렌지 행성의 모든 생명체가 루의 죽음에서 비롯됐다는 사실이 신비할 따름이다. 책에서 말하는 것과 똑같았으니까. 나는 오래된 책의 내용이 사실로 드러날 때 항상 조금 아연해진다.

루의 주검을 묻은 자리에 비석삼아 청금색 바위를 올려놓았는데, 그 위로 착생식물이 자라났다. 암석을 뒤덮은 잔뿌리에 물을 주었더니 잎이 나왔고 뿌리를 땅으로 뻗어 점차 더 푸르러졌다. 초록색 식물이 태어난 것이다.

루의 사체가 식물을 발아시킨 것일까? 그렇다면 씨앗이 된 것은 태반에서 나온 캡슐일 것이다. 그 안에서는 모든 것이 나왔으니까.

주검을 수습하는 과정에서 어린아이 손톱만한 캡슐을 발견했다. 그것은 '병 속에 든 편지'처럼 때가 되면 태어나기를 기다리는 식물의 씨앗, 균사, 미생물을 품고 있었다. 가엾은 루. 내 예상대로 그녀는 화성에서 마야를 낳고 마야가 먹고 섭취할 세계의 일부를 실어나르는 존재, '캐리어 백'으로 만들어진 것이 분명했다.

나는 캡슐에서 나온 것들을 신중하게 배양했다. 각각의 '어항'을 만들고 어느 정도 성숙했다 싶으면 별도의 인큐베이터로 옮겨 2차 성장을 가속했다. 열을 가하고 온도를 높이면서 모종판을 논에다 옮겨 심는 농부처럼 생태계 농사에 박차를 가했다. 모든 과정은 기록으로 남겨 오류를 줄여갔다. 멘델과 다윈처럼. 그렇게 몇 종류의 식물과 버섯, 그리고 소중한 벌레들을 얻을 수 있었다.

몇 년이 지났을 때, 루의 관찰력을 그대로 빼다박은 마야가 화석 발굴에서 홈런을 쳤다. 로제타스톤 못지않게 귀중한 가치가 있는 암석을 찾아낸 것이었다. 루가 나를 사막에서 찾아냈듯 마야는 미생물과 박테리아가 잔뜩 박힌 암석을 찾아냈으니 이 모녀의 관찰력은 타고난 것 같다.

육십 센티미터가량의 거꾸로 처박힌 암석에서 미생물이 대거 쏟아져나왔다. 더 중요한 점은 표본이 될 화석들이 케이크처럼 층층이 들어 있었다는 것. 요리 재료와 요리법이 한 묶음으로 들어 있는 격이라고 할까.

'누군가 의도적으로 던져놓은 게 틀림없어.'

의구심이 들었지만 그럼에도 기회를 내던질 수 없었다. 과학자의 피—내 경우에는 프로그래밍이라고 해야겠지만—가 흐르는 나는 실험실에 틀어박혀 화학물질 칵테일에 여러 종류의 미생물을 배양해보았다. 대부분 반응이 없었지만 한두 번의 기적을 만났고, 그 결과 창밖으로 보이는 작은 숲—나름대로의 생태계—을 엉성하게나마 만들어낸 것이다.

'*나는 프랑켄슈타인 박사가 된 느낌이었다. 물고기가 태어나던 순간 공포어린 기쁨을 느꼈다*'라고 실험 일지에 적었다. 인간들이 이탤릭체로 멋을 부려 글을 쓰듯이 나 또한 인간의 문체를, 정확히는 인간의 감정을 모방해 글을 쓴다. 나만의 이탤릭체인 셈인데 이럴 때마다 무용한 만족감을 느낀다. 아마도 '개성'이라는 장신구를 달았다고 생각되기 때문일 것이다.

꿈속에서 마야가 죽은 엄마를 만나고 라이카가 죽은 자식을 만나는 동안, 꿈 밖을 서성거리는 로봇인 나는 어딘가에 멈춰 있을 나의 형제, 포보스에게 전파를 쏘아올린다.

오래전 우리가 쌍둥이 로봇으로 화성에 함께 왔을 때, 우리는 모든 모험과 실험을 함께했다. 화성의 크레이터를 샅샅이 찾아내고 사진을 찍으며 우리가 떠나온 '창백한 푸른 점'을 향해 데이터를 전송했다. 우리는 '애정'이라는 말을 알았고 '그리움'이라는 말도 알았다. 그것은 끝없이 한 방향으로 데이터를 송신하는 행위였다.

포보스가 신호에 응답하지 않은 지 한 세기가 지났다. 그렇지만 나는 하늘에서 그의 이름과 같은 별을 볼 수 있다. 그리스인들이 신화 속 인물을 창공에 띄워 별자리로 만든 것처럼 포보스가 사라진 땅 위로도 그의 이름이 되어준 별이 반짝인다.

포보스.

나는 송신하지 않는 전파를, 그냥 나의 목소리로 불러본다.

나 여기 있어

나 여기 있어

구두점을 찍지 않은 문장이 밤의 우주선 안에 떠다닌다.

*

소금색 머리카락에 붉은 눈동자. 반벌거숭이의 앙상한 몸을 하고 쓰러진 인간 여자아이를 발견했을 때 가장 놀란 이는 동족인 마야였다.

그애는 뱀을 처음 본 포유류처럼 길길이 날뛰었다. 전파망원경을 끼고 살면서 어떻게 화성에 인간이 있는 것을 몰랐느냐고 나에게 소리를 질렀는데, 일리가 있는 말이다. 머리로는 외부인, 특히 지구인이 출몰할 가능성에 대해 의식하고 있었지만 태고 수프를 저으며 창세 놀이에 빠져 있느라 경계심이 느슨해진 것이다. 중요한 것은 생존과 방어라는 사실을 다시 한번 환기했다.

우리는 여자아이를 우주선 안의 격리실로 옮겼다. 일차적으로 오염 제거 소독제를 뿌리고 반응을 체크한 결과 무해하다는 판독이 나왔다. 그래서 공용실의 침대로 옮겨 회복을 돕기로 했다. 아이를 회복시켜 정보를 얻는 편이 상황을 파악하기에 빠르다고 판단했기 때문이다.

모든 반응이 약화되고 운동 기능이 떨어져 있는 것이 감지되었으나 병이나 내상은 발견되지 않았다. 장기간의 영양부족으로 인한 탈진 상태를 회복하는 것이 급선무로 보였다. 몸을 떨고 이를 맞부딪치는 여자아이에게 모포를 덮어주던 라이카가 불쑥 말했다.

"눈도 가려줘야 하는 것 아닐까?"

여자아이에게는 눈꺼풀이 없었다. 누군가 잘라내기라도 한 것처럼 눈썹 아래 오목한 곳부터 살점이 없는 이 아이는 의식을 잃은 순간조차 '눈을 감고' 있을 수 없다. 반투명한 순막이 안구를 덮고 있지만 우주선의 밝은 조도에 안구가 피곤을 느낄 수 있을 것이다.

라이카는 천천히 움직이는 석류색 눈동자를 보는 것이 '부적절한 느낌, 적나라하고 잔인한 노출'처럼 여겨진다며 보고 있는 것만으로도 수치심을 불러일으킨다고 말했다. '기분 나쁘다는 말을 길게도 하네'라며 마야가 이기죽거렸지만 일단 수건으로 눈을 가려주었다. 나에게는 아무렇지도 않은 눈동자가 라이카나 마야에게 불쾌감과 수치심을 불러일으킨다는 것이 신기했다. 수치심은 고도로 복잡해서 나로서는 번역이 불가능한 감정이다.

일주일 후 기력을 회복한 여자아이는 이름이 '키나'라는 것과 자신이 알고 있는 바를 순순히 털어놓았다.

"라포르투나호는 금성의 테라포밍을 위해 십사 개월 전에 지구를 떠나왔어요."

머나먼 별까지 개척 사업을 하겠다고 지원한 사람들 중에는 문제의 소지를 가진 인물들이 많았다. 금성에 간다는 생각보다 지구를 등진다는 생각에 방점이 찍혀 있던 사람들은 고향 별의 중력을 벗어나자마자 본색을 드러내기 시작했다. 우주선을 탈취하기 위한 반란이 일어나 모두가 궤멸할 만큼 위험한 상황에 이르렀다. 간신히 진압이 이루어졌지만 곧바로 보복이 뒤따랐다. 선장이 반란자들뿐 아니라 그동안 탐탁지 않았던 사람들까지 화성에 내려놓고 떠난 것이다. 여기에는 눈꺼풀이 없어 보기 거북한 여자아이도 포함되어 있었다.

"눈꺼풀은 왜 그래?"

마야가 불편할 수도 있는 질문을 정공으로 던졌다. 키나는 잠시 말을 잇지 못했다. 눈꺼풀이 있다면 두어 번 깜빡거릴 시간만큼의 침묵이 흐르다가 이윽고 대답이 나왔다.

"다섯 살에 눈꺼풀 제거술을 받았어. 부모가 죄를 지었으니까."

부모가 무슨 죄를 지었기에 다섯 살짜리의 눈꺼풀을 잘라버렸을까. 마야는 그 말을 들은 순간부터 키나에 대한 적대감을 누그러뜨렸다. 화성에서 살아온 자신보다 더 혹독한 성장기를 상상해본 적이 없어서일 것이다.

"지구는 끔찍해. 특히 인간들은."

마야는 진저리를 쳤다. 그럼에도 지구에서 온 소녀에게 끊임없이 그 별에 대해 묻고 또 묻게 될 것이다. 섬에서 자란 아이가 본토를 궁금해하듯. 마야의 배움은 전부 푸른 별에서 비롯되기 때문이다. 이후부터 마야는 키나와 붙어살다시피 했다.

라이카는 나와는 다른 해석을 내놓았다. 마야는 키나의 목소리가 듣고 싶어서 자꾸 말을 거는 거라고, 처음부터 알아차렸다고 말이다. '박해받는 지구인'이라는 것을 안 순간부터 마야의 맹목적 증오가 얼마나 빠르게 누그러졌는지, '친구'가 될 가능성이 있는 인간의 등장으로 얼마나 흥분했는지 말이다.

"또래 친구가 처음 생긴 거잖아. 언제나 돌봄을 받기만 하다가 돌봐줄 대상이 나타나니까 신이 났겠지."

아닌 게 아니라 마야는 정성을 다해 키나를 돌봐주고 있었다. 세 끼 식사를 챙겨주고 일 년에 단 한 번 허용되는 '생일 계란'까지 키나에게 주겠다고 우겼을 정도였다(닭이 알을 낳기 시작한 것이 오래되지 않았기 때문에 알이 생기는 족족 부화기에 넣어 병아리의 개체수를 늘리고 있었는데, 라이카의 부탁으로 삼 년 전부터 마야의 생일에는 계란 요리를 해주고 있다. '케이크도 못 만들어주는데 계란프라이 하나라도 먹이자'는 게 라이카의 주장이었다). 이 귀한 계란을 키나에게 먹여 회복을 돕는 게 자신의 '생일 선물'이 될 것이라고 마야는 말했다.

노란 계란, 반드시 반숙으로 해야 한다는 마야의 말대로 겉에 막이 살짝 생길 정도로만 조리한 계란이 키나의 앞에 놓였다. 마야는 기대를 잔뜩 품은 눈초리로 떠들었다.

"'용암 달걀'이야. 여기 가운데를 스푼으로 툭 건드리면 용암처럼 노른자가 주르륵 흘러나와. 난 계란을 처음 먹었을 때 기절하는 줄 알았어, 너무 맛있어서. 황금을 녹여 먹어도 이것처럼 호사스럽지 않을 거라고 라이카가 말하더라? 당연히 황금보다 이게 더 대단하지! 살아 있는 닭이 낳은 알이라고. 물론 닭똥냄새는 지독하지만 난 깃털이 달린 건 다 좋더라

고…… 아 참, 먹을 때 똥 얘기하는 거 아니랬는데. 아, '똥'이
라는 발음 자체를 하지 말라던가?"

흥분한 마야는 이말 저말 늘어놓다가 당황하며 어쩔 줄 몰
라했다. 키나는 스푼으로 보동보동하게 부풀어오른 노른자를
조심스레 건드렸다. 너무 살짝 건드리는 바람에 노른자는 한
쪽으로 일그러지다 원래 모양대로 돌아왔다. 키나가 다시 한
번 힘주어 톡 치자 마야가 용암이라고 이름 붙인 노른자가 주
르륵 흘러나와 흰자위를 덮었다.

"브라보!"

마야와 라이카가 호들갑을 떨며 탄성을 질렀다.

조심스럽게 한 스푼을 떠먹은 키나는 입꼬리를 살짝 올려
구조된 후 처음으로 미소를 지어 보였다. 모처럼 일광이 좋은
날인데다 노른자가 터지자 태양이 터지기라도 한 듯 풍요로운
흥분이 우주선 안에 떠다녔다.

*

로봇으로서는 알 수 없는 네트워크가 두 여자아이 사이에서
일어났다. 마야는 키나가 완전히 회복할 때까지 먹을 것을 가
져다주었고 기력을 찾자 호수에 데려가 수영을 가르쳐주기 시
작했다. 둘은 어디든지 붙어다녔고 끊임없이 묻고 답했다. 라

이카는 마야가 키나만 찾는다고 씁쓸해했지만 전보다 활기에 넘치는 것은 다행이라고 했다. 키나가 오기 전 마야의 들쑥날쑥한 감정 기복은 조울증 환자 못지않아 우리 둘 다 '십대야말로 외계인'이라고 혀를 내둘렀기 때문이다.

사이좋게 지내는 여자아이들을 내버려두고 라이카와 나는 본격적으로 새로운 상황에 대해 의논하기 시작했다. 키나의 등장으로 셋만의 평화로운 시기는 끝이 났으니까. 이 땅에 눈꺼풀 없는 무해한 여자아이 말고도 다른 인간들이 있다는 사실을 감지한 이상 대책을 세워야 했다.

우리에게는 호수와 집, 정원이 있다. 황무지에서 초록을 너무 많이 누리고 있다. 우주선에서 반란을 일으킨 자들, 호전적인 지구인들에게 우리의 거처가 탄로나는 순간 무슨 일이 벌어질지는 불 보듯 뻔했다.

"우주선 주변에 해자를 만들면 어떨까? 물길로 주변을 빙 둘러싸고 물을 건너는 동안 방어할 수 있게끔 뭔가를 만드는 거야."

"그만큼 물이 충분하진 않아."

"우리에게 공격용 무기가 뭐가 있지?"

"소형 폭탄 두 개와 핵무기가 있긴 하지만……"

루의 우주선에는 삼백 년 전 무기가 몇 개 있었지만 제대로 작동하는지 테스트할 일은 없었다. 위력이 확실한 핵무기가 있지만 잘못 사용하면 자폭장치밖에 되지 않는다.

"우주선을 수리해 달아나는 것은? 최후의 카드도 생각해야 지."

나는 뿌리를 내리다못해 넓게 뻗어버린, 작은 나무와도 같은 우주선이 힘겹게 이륙하는 장면을 상상해보았다. 망망한 우주로 달아나 어디로 간단 말인가? 루의 무덤과 그 주위를 둘러싼 우리만의 생태계를 다시 시작할 별이 있을까?

"이곳을 떠날 수는 없어. 여기가 우리의 '그릇'이야."

라이카가 이렇게 말했을 때 나 역시 동의했다. 우리는 '그릇' 밖으로 흘러넘치면 증발해버릴 물처럼 위태로운 존재를 유지하고 있으므로.

"만에 하나 우리에게 무슨 일이 벌어진다면……"

라이카가 시작한 문장을 맺지 못한 채 속으로 생각에 잠겼다. 나는 그 생각의 나머지를 읽어낼 수 있었다. 우리는 최선을 다해 여러 가지 일을 실행할 것이다. 그러나 모든 방어가 실패로 돌아가고, 다섯 살짜리의 눈꺼풀을 도려내는 세상에서 온 잔인한 사람들의 손에 넘겨지는 상황이 온다면 마지막 카드는 자명하다. 죽음. 최대의 방어책은 우리의 죽음이 될 수밖에.

마야는, 쉽다. 몇 분만 숨을 쉬지 못해도 심정지가 오는 생물체니까. 나는 정교한 과정을 거쳐야 한다. 부활을 위한 메모리칩만 남겨놓은 채 데이터를 삭제하고 어딘가에 잠겨 있을 수 있다. 라이카가 가장 어렵다. 라이카는 네 마리의 식솔을 거느리고 있는데다 이미 죽었기 때문에 소멸하는 것을 택해야 하는데, 택한다고 한들 방법을 모른다. 이런 식으로 따져보면 사실상 목숨을 잃는 것은 생물체인 마야에게만 해당되는 일이다. 일 초도 안 되는 사이에 잠깐 스쳐간 생각일 뿐이지만.

"쓸데없는 생각 하지 마. 우리는 무슨 일이 있어도 마야를 지켜야 해."

라이카가 내 머릿속을 꿰뚫어보기라도 한 것처럼 불쑥 말을 꺼냈다. 죽음이라는 두 글자가 지나간 것만으로도 불경하다는 듯이 얼굴을 찡그리며. 나는 고개를 끄덕였다. 우리는 모든 힘을 다해 마야의 생명을 방어하고 적들을 물리칠 것이다. 그리고 이 작은 세계를 지켜나갈 것이다.

"죽기에는 이르지. 마야는 아직 다 자라지도 않았으니까."

모두가 꿈속에 잠겨 있는 밤, 나는 무기들을 하나씩 점검하고 있다. 테스트를 해보는 것이 가장 확실하겠으나 그러다 우리의 정체를 알리는 꼴이 될 수도 있다. 우리는 그들이 있다는 것을 알고 있고, 그들은 우리의 존재를 모르니 선제공격이 우위를 점할 가장 좋은 방법일 수도 있다. 이 모든 고민을 단번에 끝낼 수 있는 핵의 마력이 나를 끌어당긴다. 아주 소량만 사용한다면? 그러나 이 무기를 사용하면 적과 함께 무해한 대기와 땅마저도 잃게 되고 겨우 일궈낸 생태계에도 영향을 줄 것이다.

"그 사람들, 여기 못 와요."

키나의 목소리가 문득 들려왔다. 어느 틈에 깼는지 얇은 잠옷을 걸친 채 내 앞에 서 있다.

튼튼한 마야의 몸과 비교하면 애처로울 만큼 야윈 몸, 목소리는 낮고 작다. 때문에 무슨 말을 하든 속삭이는 것처럼 들린다. 키나의 머리카락은 정전기가 일어난 것처럼 곤두서 있었고 빛을 받아 백금색으로 변해 있었다. 작은 변화만으로도 키나는 완전히 다른 사람처럼 보인다. 키가 후리후리하게 커 보이고 눈은 불타는 루비처럼 번쩍거린다. 그 눈은, 내가 마주보는 동안 색깔이 계속 변했다. 진홍빛에서 산호빛으로, 오렌지빛과 라벤더빛으로, 그러다가 느닷없이 터키옥빛으로 바뀌었고 마침내 진줏빛으로 흐릿해졌다. 에너지가 바뀌어 생체 발광하는 외계인과 대면한 것 같았다. 눈동자가 네온처럼 변하는 키나를 보면서 인간이 휴머노이드 로봇에게 느낀다는 '불쾌한 골짜기'가 이것일까 싶었다. 나는 계속 대화를 유도했다.

"네가 어떻게 알아?"

"봤으니까요."

오렌지색 행성의 또다른 별처럼 두 눈이 빛나고 있었다.

키나는 내부 에너지를 감당하기 위해 간신히 서 있는 탐침

처럼 휘청이다가 콘솔에 앉았다. 백금색으로 빛나는 머리카락
은 심해 해파리의 느린 유영처럼 가닥가닥 풀어져 얼굴 주위
에 후광이 드리운 듯했다. 키나는 변해가는 눈동자의 색깔처
럼 낮고도 높은 목소리로, 느리게 노래하듯 말문을 이어갔다.

　"……미래가 보이면 현재가 사라져버리죠. 현재를 보고 있
을 때 아지랑이처럼 아른거리며 미래가 보여요. 두 세계가 겹
치면 짙은 안개가 낀 것처럼 눈앞이 부옇게 변해요. 지구에서
부터, 지구에서부터 그랬어요. 광고와 광고 사이에, 광고보다
더 짧게 지나가는 이상한 영상들이 있는데 그걸 입 밖으로 꺼
내면 전보다 더 따돌림을 당하게 되어버려요. 화성에 와서는
보이는 게 한층 더 선명해졌어요. 광고가 사라졌으니까. 미래
는 저에게 말해주고 있어요…… **그들은 여기 못 와.** 하지만
무엇이 이곳을 지켜내는지 모르겠어요. 생생한 꿈속을 보는
것 같은데, 꿈이 그렇듯 자세히 보려 하면 할수록 눈앞의 풍경
이 달아나버려요. 이미지들은 그런 식이에요. 가까이 가면 사
라져버리는 신기루처럼."

　키나 역시 그만의 신기루를 품고 있었다. 신기루란 생명체
였던 것들만이 누릴 수 있는 은총일까? 얇은 금속판 속에 들
어 있는 나의 회로와 칩들은 도저히 만들어낼 수 없는 영역이

그들에게 있다는 것을 확인하며 문득 인간이라면 고독이라고 부를 만한 단절을 감지했다. 어떤 문이 내게만 열리지 않는다는 사실은 아무리 반복해도 익숙해지지 않는다.

"······이따금 저는 미래도 현재도 아닌, 오로지 그 중간 내부의 어떤 막에 갇혀서, 오직 빛 속에서, 찬란한 무無 속에서, 그냥 망연히 앉아 있기만 할 때도 있어요······ 저 자신이 맹인처럼 느껴지는 순간이지요. 예감을 알처럼 품고만 있는 상태로 영원히 낙하하는 느낌. 자유낙하가 끝없이 이어지는 느낌······ 마치, 유령같이······"

"유령이라, 그건 내가 전문이지."

불쑥 다른 목소리가 우리 사이에 끼어든다. 어느새 깨어난 라이카는 우리 이야기를 듣고 있다가 키나의 말을 받았다.

"냄새가 났어, 전혀 못 맡아본 냄새가. 새로운 식물이 태어날 때 나는 냄새가 실내에서 나서 나도 모르게 깨어났어. 내 코가 깨어났다고 할 수 있지."

라이카가 중간에 말을 끊은 것에 양해를 구하듯 키나를 바라보았다.

"거참 신기하군. 유령인 나는 육체를 느끼는데, 육체를 가진 너는 유령의 감각을 느낀다니 말이야. 우리가 바뀌면 딱 맞는 건데."

"그랬다면 이렇게 만날 수 없었겠죠."

"그렇다면 묻고 싶은 게 있어. 넌 지금 샤먼처럼 보이니까. 나는…… 미래가 있어?"

키나의 젖빛 수정체가 다시 변한다. 왼쪽과 오른쪽의 동공의 색깔이 다르다. 한쪽은 에메랄드빛으로, 다른 한쪽은 자줏빛으로 바뀌어 있다. 키나의 반투명 순막이 한 번, 두 번, 세 번 내려갔다 올라가더니 신탁의 예언 같은 말들이 흘러나왔다.

"당신은 변해요. 녹아서…… 완전해져요. 잘 모르겠어요. 표현이 안 돼요."

"나 무슨 천사라도 되는 거야? 이 상태에서 녹는다면 뭐가 된다는 걸까."

"죄송해요."

느닷없이 마야의 코 고는 소리가 공기를 갈라놓았다. 가르랑, 같기도 하고 드르렁, 같기도 한 숨소리가 진지한 대화를 중단시켰다. 들이켠 공기를 입 밖으로 푸! 하고 뿜어내는 소리. 수면 위로 올라온 고래가 분수공으로 물을 뿜듯 큰 숨을 토해내는 소리가 요란하게 울렸다. 우리 셋은 멀뚱히 마주보다 폭소를 터뜨렸다.

웃음은 감압 장치 같았다. 한바탕 웃고 나자 내부 압력이 줄어들면서 우리 사이의 긴장된 공기가 빠져나갔다. 마야의 코

고는 소리는 너무나 웃겨서 한참 더 웃었다.

나는 다시 생각에 빠진다. 핵무기와 키나의 예언, 어느 것이 더 믿을 만할까? 눈동자 색깔이 바뀐다고 해서 그 말이 진리일 수는 없다. 그럼에도 '그들은 못 와요'라는 단호한 말은 위안을 주었다. 로봇에게 어울리지 않는 부적절한 판단이라고 생각하면서도 나는 '안도감'이라는 감정이 이런 형태일 거라고 추측했다.

*

편두통이 밀려든다. 왼쪽에서 미세하게 웅웅거리는 이명. 나에게는 통증이 없다. 그러나 이명이 시작되면 구식 기계가 희미하게 자기 안에서 돌아가는 냉각팬을 감지하는 것처럼 몹시 거슬린다. 이명은 금속 물체들이 부딪쳤다 떨어지는 소리와 비슷하다.

이명이 시작되면 나는 가만히 그 소리에 몰두한다. 라이카는 대화 도중 갑자기 말을 멈추고 정지해 있는 나에게 무슨 일이냐고 물었다.

"편두통."

"말도 안 돼. 로봇이 무슨 두통이 있다고……"

나는 이 현상에 즉흥적으로 달아준 별명이 마음에 들어 웃음소리를 출력했다. 라이카에게 편두통이 있다는 농담을 던진 것은 즐거웠기 때문이다.

막상 이름이 생기자 이명은 통증처럼 변했다. 누군가 나에게 교신을 청하는 신호처럼 여겨져 암호 패턴을 동원해 분석한 적도 있지만 지금은 버그가 아닌 골칫거리로 간주하고 있다.

오후에는 마야의 잠수 훈련이 있었다. 어린 시절부터 물속에서 숨쉬는 방법을 연습해온 것치고 별다른 진전이 없다. 귀 뒤의 아가미. 그것으로 숨쉬는 법을 터득한다면 훨씬 안심이 될 텐데.

융단처럼 깔린 이끼를 밟고 선 마야는 자루같이 헐렁한 옷을 입자마자 무언가 내게 준다. 선물이라고 준 것은 코랄빛 연산호다. 라이카와 나는 마야에게 무수히 많은 선물을 받았다. 어릴 때는 비뚤비뚤 그린 그림이나 처음 배운 글씨로 쓴 편지, 자라서는 수집물이나 채집물. 마야는 선물 주는 것을 좋아했다.

"오아시스 바닥에 물이 솟는 곳이 있어. 그냥 구멍이 뚫린 줄 알았는데 오늘 보니까 물이 퐁퐁 나오더라고. 그것도 더운 물이. 그걸 뭐라고 부르더라?"

나는 치솟는 물줄기의 이미지를 검색했다.

"간헐천."

"맞아. 배우기는 했는데 까먹었어. 꼭 샘처럼 생겼는데 물이 나오기도 하고 안 나오기도 해."

우리의 작은 우물 안에 간헐천이 있다는 것은 놀라운 소식이었다. 간헐천의 크기는 점점 커져 어른 두 명이 들어갈 만하고 기포들이 끊임없이 올라오다가 갑자기 물과 조개껍질을 쏟아낸다고 했다. 나는 화성의 지질학적 특성에 대해 생각에 잠겼다가, 안전이 확인될 때까지 당분간 수영과 잠수는 금지라고 말했다. 잠수 훈련을 싫어하는 마야는 환호성을 질렀다.

마야가 키나에게 달려간 후에도 나는 호수의 가장자리에 앉아 물속을 들여다보았다.

모든 것이 새로 태어나는 도중인 이곳. 마야보다 앞서 태어난 것은 '우물'이라 불렀던 작은 샘뿐이다. 우물은 점점 깊고 넓어져 호수가 되었고 가장자리에는 작은 파도마저 찰싹거리고 있다. 태어난 지 얼마 안 된 생명들은 순수하고 진실했다. 순수하지 않은 것은 모든 것을 가능하게 한 '무언가'의 의도이다. '무언가'를 신이라고 부르든 우주의 질서라고 부르든 파악할 수 없기는 마찬가지다. 대체 무슨 의도로 우리에게 자꾸 '선물'을 주는 거지? 생각이 여기에 이르렀을 때, 바퀴 근처에서 새로운 버섯을 발견했다. 나는 버섯의 삿갓 부분을 조금 떼어내 조직을 관찰하기로 했다. 또다시 선물을 받은 셈이다.

그날 밤 나는 간헐천의 발견과 석연찮음에 대해 라이카와 이야기를 나눴다.

"우리한테 공짜 분수가 생겼다는 거야? 애들이 좋아하겠네."

나와는 달리 라이카는 새 소식을 가볍게 받아들인다.

"뭔가 찜찜해. 말할 수 없이 인위적인 느낌이 들거든. 그러니까 우리도 모르는 사이에 실험을 당하고 있는 것 같지 않아? 우리가 태고 수프를 젓고 있듯이 누군가가 우리를 젓고 있는지도 모른다는 생각이 들어. 우리에게서 뭐가 나오는지 보려고 말이야."

"그게 무슨 과테말라 안티구아 먹는 소리야?"

"너야말로 무슨 소리야?"

"내가 제일 좋아하는 커피가 안티구아야. 그러니까, 마시는 거 말고 향 말이야. 난 유령 개니까 후각만으로도 커피를 폼나게 즐길 수 있거든. 코스타리카 타라주도 좋아하긴 하지만……"

"딴소리 그만하고. 간헐천이 존재한다는 것은 화산이 있다는 것과 땅속 어딘가에서 지질작용이 벌어지고 있다는 증거잖아. 예사롭지 않은 일이지."

"어차피 일어날 일은 일어나겠지. 저 위의 뜻이 뭔지 모르겠지만."

라이카는 코를 위로 치켜들며 어딘가를 바라보았다. '저 위'라니, 하느님이라도 믿는 개처럼 말하는군. 나는 생각을 입 밖으로 내뱉었다.

"신은 믿지 않지만 그렇다고 무신론자도 아니라고. 이따금

기도도 드릴 정도라니까? 우리 마야가 행복하게 오래오래 살게 해주세요. 우리 데이모스가 튼튼하고 고장나지 않게 해주세요. 제 벼룩들이 늘어나지 않게 해주세요."

"신도 믿지 않으면서 기도를 하다니 이상하잖아. 무신론자의 기도는 대체 어디로 가지?"

"우주로."

라이카는 펼쳐진 대기를 향해 윙크를 했다. 우유의 강이 하늘을 가로지르고 있었다. 누군가를 위해 간절한 마음을 가졌다는 게 중요하지 기도가 이뤄지고 이뤄지지 않고는 상관없다고 라이카는 말했다.

"그럼 내 두통 좀 없애달라고 기도해줘."

우리는 나란히 집을 향해 걸어갔다.

키나

내 몸이 목소리로 변할 시간이다. 두려움이 몰려온다.

"무서워하지 마. 우선 내가 하는 걸 잘 봐."

나는 화성에서 가장 높은 '루의 나무'에 기대어 앉아 있다.

나뭇잎 사이로 햇빛과 바람이 부풀어올라 내 얼굴에 세 겹의 호사스러운 그늘이 드리워진다. 그 사이로 마야의 목소리가 들려온다. 허공에 투명한 못을 박듯이 쨍쨍하고 듣기 좋은 목소리. 이런 한가한 평화를 누린 지 석 달이 지났다. 라포르투나호 선원들이 이곳을 초토화시키고 나를 끌고 갈 것이라는 두려움이 완전히 사라진 것은 아니지만, 지금은 많이 안정됐다. 마야의 덕이 컸다. 처음에는 잔뜩 경계하더니 지금은 끊임없이 말을 걸어오며 다정하게 챙겨준다. 반면 혐오가 섞이지 않은 순수한 관심을 오랜만에 받아보는 나는 여전히 뻣뻣하다. 눈은 열려 있지만 마음은 꼭꼭 닫혀 있는 **붕어 새끼**. 그게 나였다.

"물에 뜨는 건 아주 쉬워. 몸과 수면을 하나로 만든 다음 두 팔을 벌리고 누워 있기만 하면 돼. 자료에서 봤는데 인간에게는 원래 물고기 유전자가 들어 있대."

내 고향에서 수영은 최상류층만 배울 수 있는 사치스러운 취미였다. 마야는 지구에서 온 내가 자신의 집을 초라하게 볼 거라고 생각하는데 말도 안 된다. 정원과 호수가 있는데 그럴 리가.

"자, 이제 네 차례야."

나는 엉거주춤 물속에 발을 담갔다. 장밋빛 호수는 기분좋을 정도로만 차가웠다. 마야가 알려준 대로 몸에 힘을 빼자 물속에서 바라보는 하늘이 하얀 타일 조각처럼 갈라진다. 화이트 큐브는 항상 악몽의 전조. 또다시 시작된다.

기억이라는 재앙이 몰려오면 속수무책으로 수술대 위에 누워 있어야 한다. 수술대가 너무 커서 내 발밑으로 아이 하나가 더 누워 있어도 될 정도다. *항상 이 방으로 돌아오고야 마는구나. 그러면 처음부터 다시 시작되는데……* 팔다리를 버둥거리지만 일의 진행을 막을 수 없다.

내 팔다리는 압박붕대로 묶여 있다. 허리가 꼿꼿한 젊은 간호사가 땀 때문에 찰싹 달라붙은 내 머리카락을 귀 뒤로 넘겨주면서 건너편을 향해 말을 건넨다.

"얘 머리도 묶어야겠지?"

고개를 끄덕이는 또다른 간호사. 보지 않고도 알 수 있다. 작은 키에 주근깨가 박힌 붉은 얼굴. 비염이 있어서 내내 코를 킁킁거린다. 간호사들이 내 머리카락을 손가락으로 대충 훑어 옆으로 단단히 잡아맨다. 두피가 너무 세게 당겨져 왼쪽 이마가 따끔따끔하다. 몹시 신경이 쓰이지만 잠시 뒤에는 이 통증에 감사하게 될 것이다. 큰 충격에서 도피하기 위한 작은 통증.

"너무 팽팽하니? 엄마가 다시 묶어줄게."

시간의 실타래가 풀려나가며 기억이 더 오래된 과거로 날아갔다. 간호사가 엄마의 모습으로 바뀌었다. 엄마 품에 안겨 있는 나는 머리를 빗질하는 손길을 느끼며 한없이 안심이 된다. 엄마는 양팔저울 같았다…… 내가 조금이라도 불편한 기색을 보이면 즉시 다른 쪽의 무게를 더하거나 덜어서 균형을 맞춰주곤 했으니까. 춥거나 졸리거나 배고프면 엄마는 본능적으로 알아차리고 '딱 좋은' 상태로 돌려놓았다. 엄마가 빗으로 머리카락을 빗겨주고 있다. 내가 웃자 거울 속에서 보고 있던 아빠가 환히 웃는다. 엄마와 아빠, 그들은 여기 없다. 오래전에 죽었으니까. 이 사실을 깨닫는 순간 나는 엄마 품에서 뽑혀 다시 수술실로 빨려들어간다.

"입을 아 벌려보렴. 옳지! 잘했다."

간호사들이 내 입속에 거즈를 집어넣고 테이프로 봉한다. 이제 버둥거릴 수도, 비명을 지를 수도 없다. 할 수 있는 것이라곤 땀구멍으로 비 오듯 식은땀을 흘리는 것뿐. 천장 불빛이 너무 환해 눈을 감았다. 내 의지로 눈을 감을 수 있던 마지막 순간.

"이제 마취합니다."

주삿바늘이 좌우 관자놀이를 찌른다. 마취약이 퍼지는 동시에 내 얼굴 위로 천이 씌워진다. 사형수들은 눈을 가리지만 나는 반대로 눈만 내놓은 형국이다. 의사의 발소리가 들린다. 무섭다. 무서워서 견딜 수가 없다. *마야!* 나는 필사적으로 마야를 찾는다. 나는 가라앉고 또 가라앉는 중인데, 물 밖에서 마야의 목소리가 들려온다.

"허리를 펴고 호흡을 편안하게……"

그럴 수 없어. 칼날이 다가오고 있잖아. 의료용 펜으로 내 눈꺼풀에 두 개의 선이 쓱 그어진다. 가운을 입은 남자가 바싹 얼굴을 들이민다. '잠투정하는 아이에게는 한밤중에 모래 사나이가 다가와서 눈알에 모래를 뿌리고 간단다……' 호프만의 소설에 나오는 모래 사나이. 할아버지가 읽어준 무서운 동화의 한 장면이 허공에서 재생된다. 마침내 모래 사나이가 왔

144

다. 종이 인형을 오리듯 내 눈꺼풀을 잘라내기 위해서. *난 항상 가위질이 서툴렀어. 종이 인형의 손가락이나 발을 싹둑 잘라먹은 적이 많았지. 그래서 이런 벌을 받는 걸까?*

메스가 속눈썹을 건드리더니 자기 일을 시작한다. 마취 때문에 통증은 없지만 금속이 살에 닿는 감각만은 선명하다. 나는 오려지는 종이 인형이었다. 낙서처럼 찍찍 그어진 눈 위의 선을 따라 눈꺼풀이 잘려나가자 커튼이 벗겨지듯 오른쪽에 다시 세상이 드러난다. 비 오듯 쏟아지는 피 때문에 세상이 온통 붉다. 수술대에서 잘려나간 것은 눈꺼풀만이 아니었다. 비명도 목소리도 목구멍에서 얼어붙었다. 그 순간 내가 외눈박이가 아니란 것이 그토록 원망스러울 수 없었다. 그 꼴을 한번 더 당해야 하니까. 왼쪽 눈으로 바싹 다가온 메스는 세상에서 가장 큰 칼날.

칼날이 가르자 수술실의 하얀 타일이 가장자리부터 붉게 변하기 시작한다. 붉은 방에 솟구치는 핏줄기. 모래 사나이가 아이들의 눈알을 훔쳐가고 있다.

눈의 가장자리에 피가 섞인 눈물이 돌기 시작한다. 그로부터 하얀 암흑이 시작된다. 사라져버린 눈꺼풀 탓에 눈은 한낱 구멍이 되고 만다. 온몸에서 쏟아지는 식은땀 때문에 한기가 든다.

"울지 마……"

누군가 나를 안아서 달래주고 있다. 슬프고 부드러운 느낌. 기억이 슬라이드필름처럼 넘어가며 이 순간과 흡사한 장면을 되찾으려 애쓰고 있다. 엄마인가? 잡혀가기 전날 엄마는 나를 안고 내 이마에 줄곧 입술을 누르고 있었다. 하지만 이 목소리는 엄마가 아니다. 마야, 내 새로운 친구가 나를 위해 훌쩍이고 있다.

그 순간 수술실의 사면의 벽이 종이 박스가 해체되듯 사방으로 넘어가고 나는 부연 미로 속에서 눈을 뜬다. 녹색 캐노피, 잘게 부서지는 햇빛 아래 내가 누워 있다. 붉은 차양 너머로 비쳐드는 화성의 오아시스. 수술실의 회전문을 돌아 호숫가에 나온 것처럼 어리둥절하다. 땀이 식어가며 이성이 돌아오고 있다. 무사히 호숫가로 돌아온 걸까. 그런데 왜 붉은색이지?

나는 벌떡 일어난다. 눈에 덮여 있던 양귀비 꽃잎 두 장이 허공에 팔랑거리며 천천히 떨어진다. 물속에서 기절한 나를 호숫가에 눕혀놓은 마야가 내 눈꺼풀에 하나씩 올려놓은 것이다. 마야는 내게 입을 맞추고 어디론가 달아나버렸다.

반복되는 악몽은 새로운 현실 앞에서 물러난다. 마야가 모래 사나이를 밀어내어버린 것이다.

*

146

입맞춤에 대해 우리는 모르는 척하기로 한다. 일종의 연극, 부자연스럽지만 부지불식간에 생겨난 무언극이다. 말하지 않음으로써 우리 사이에는 공모의 분위기가 생겨난다. 비밀을 건드리지 않기 위해 더 많은 말이 필요했다. 비밀 위로 도톰한 담요처럼 대화들이 오가기 시작했다.

나는 '일어난' 일들에 대해 말하기가 어렵다. 때문에 '일어났으면 좋았을' 말들을 더 많이 꺼내놓는다. 엄마가 살아 있었다면, 아빠가 반란군에 가담하지 않았더라면, 배급받은 케이크의 촛불을 단번에 껐더라면 하는 것들을. 한번 속을 털어놓기 시작하자 멈출 수가 없다. 나조차 들여다보기 무서웠던 과거가 중단되지 않고 펼쳐진다.

"나는 암흑 속에다 부모님과 유년의 기억을 모두 두고 나온 것 같아. 한동안 기억을 잃어버렸으니까. 회복이 된 다음에는 아무것도 생각나지 않아서 태어날 때부터 이런 줄 알았어."

"누가 널 키워주셨어?"

"할아버지가. 할아버지는 나를 데려오기 위해 재산의 대부분을 정부에 기부해야 했어. 남은 돈으로 352층이나 아래로 이사를 와야 했고. 이 말은 햇빛을 받을 시간이 열한 시간에서 두 시간으로 줄어들었다는 소리야. 하층은 상층에서 쓰고 남은 공기를 재사용하는 시스템이라 어디서나 묵은 빨래 냄새가 났어.

학교에는 가지 않았어. 나는 집에서 지내면서 할아버지에게 홈스쿨링을 했어. 시계 보는 법, 읽고 쓰는 법, 식사 예절과 옷을 깨끗이 세탁하고 타인의 시선에 아무렇지 않은 포즈를 취하는 법, 위험을 구분하고 빠져나오는 법을 배웠지. 시간이 남아도니까 많은 책도 읽었는데, 책이 나의 교실이고 친구였어. 할아버지의 보호 속에서 무탈하게 자란 나는 학교에 가게 해달라고 졸라댔지. 조르고 또 졸라서 겨우 허락을 받아냈어. 무슨 일이 있으면 즉시 집으로 돌아오기로 약속하고 열두 살에 처음으로 교문을 넘어갔지.

첫날이 끝나기도 전에 왜 할아버지가 지금까지 막았는지 알겠더라. 처음에는 아무도 나에게 대놓고 뭐라고 하지 않았어. 말 거는 애도 없고. 하지만 나를 쳐다보는 눈빛에 너무 많은 말이 담겨 있었어. '끔찍해' '징그러워' '이쪽으로 오지 마' '나한테 말 걸지 마'. 인간이 아니라 짐승이나 벌레를 보는 표정들.

그런데도 왜 그런 오기가 생겼는지 모르겠어.

아침이면 기어이 책가방을 메고 학교에 가서 내 자리에 앉는 거야. 뭔가, 대결 의식 같은 게 생겼던 거 같아. 이대로 집으로 숨어들면, 그때부터 영원히 숨어살아야 할 것 같기도 하고, 그러면 둘이 사는 이 집도 전처럼 편하게 여겨질 것 같지 않았어.

2학년이 되자 피폭을 당해 팔꿈치 아래가 없는 아이가 있었어. 중학교 삼 년 내내 유일한 친구가 안토니아야. **붕어 새끼**. 그게 학교에 온 지 하루도 안 돼 지어진 내 별명이야. 안토니아가 **외팔이**로 정해진 것처럼.

붕어 새끼와 외팔이는 단짝이었는데, 단짝일 수밖에 없기도 했어. 우리는 온 학교의 눈길을 끌면서 따돌림당했기 때문에 서로가 없으면 위험했거든. 나쁘지 않은 조합이지. 외팔이는 힘이 세고 붕어 새끼는 똑똑했으니까.

나는 줄곧 허약한 아이였어. 피부는 핏줄이 비칠 듯 하얗고 금발인 머리는 색이 빠져나가 은발처럼 변한데다 뼈는 자주 부러졌지. 안토니아는 자기 책가방은 어깨에 메고 내 책가방은 한 팔로 들어 집까지 데려다줄 때가 많았어. 게다가 난 환시가 시작되면서 자주 기절했거든. 열세 살부터 부쩍 미래의 이미지를 보는데 처음에는 광고랑 구분을 못했어. 보건실에 누워서 눈앞에 광고가 아무리 많이 지나가도 그 너머의 이미지들을 잡아낼 수 있도록 훈련을 시작했지."

"광고란 게 정확히 뭐야? 데이모스가 광고를 모아놓은 클립을 보여준 적은 있지만, 뒤죽박죽이라 난 도대체 파악이 안 되더라고."

마야는 순진무구한 목소리로 묻는다. 광고를 설명하려면 상품을 설명해야 하고, 상품을 설명하려면 시장을 설명해야 한다. 시장을 말하려면 결국 자본주의 체제 전반에 대한 얘기로 번져나가는데 그건 인류 문명의 마지막 버전을 통째로 읊어야 한다는 소리다. 지구가 멸망하는 것은 상상할 수 있어도 자본주의가 끝나는 것은 상상할 수 없다는 책 속의 문장이 떠올랐다. 나에게는 공기처럼 자연스러운 환경이 마야에게는 전부 수수께끼가 되는 것이다.

"광고는 상업방송 앞뒤에 붙는 건데……"

설명을 시작하는 순간 미래 환시가 급하게 몰려든다. 광고가 지나가고 뉴스가 시작되었는데 화면에 마야가 나온다. 지금과는 다른 모습. 마야는 수조에 들어 있다. 이게 무슨 일이지? 마야는 지구에 있었다. 아니, 이 문장은 시제를 고쳐야 한다.

마야는 지구에 있을 것이다. 자신의 종족을 거느린 여왕의 모습으로.

*

우리는 서로에게 이야기를 '들려'주는 것이 아니라 '돌려'준다. 나는 화성의 이야기를, 마야는 지구의 이야기를 돌려받는다.

마야는 이야기에 굶주려 있다. 실험동물로 발사된 루의 이야기, 루가 라이카와 데이모스를 만난 이야기, 출생에서 열다섯에 이르기까지의 이야기. 마야는 공란이 많은 삶을 이야기로 채워넣는다.

그러한 허기는 나도 잘 알고 있기에 나 역시 이야기로 답한다. 도시 하나가 들어가는 빌딩 M에 대해서, 상류층만 새 빌딩으로 이주할 계획이 알려지면서 벌어진 소동에 대해서. 삼백층 이하 시민들이 어떻게 반란을 도모했는지, 엘리베이터를 탈취하고 발전소 터빈을 멈춰 세웠는지, 그러다가 잔인하게 진압당했는지에 대해서. 반란자의 자녀들이 받아야 했던 눈꺼풀 제거술에 대해서, 무엇보다 눈꺼풀 위로 지나가는 광고를 누구에게나 노출하고 사는 것이 얼마나 수치스러운 일인지에 대해서.

"MOJO에서는 눈을 한 번 깜박이는 동안 눈꺼풀 안으로 맞춤 광고가 지나가도록 설계되어 있어. 대부분 기억도 못할 정도로 찰나지만 잔상이 남기 때문에 효과가 커서 보편화되어 있지. 광고를 보겠다고 동의하면 다섯 층 정도 위로 올라갈 수 있기 때문에 이 시술을 받지 않는 시민은 거의 없어.

그런데 나와 같이 눈꺼풀 제거술을 받으면…… 생각해봐! 무슨 일이 벌어지는지. 내가 보는 광고가 모든 사람에게 노출되고 마는 거야. 이게 아주 부끄러운 일이란 말이야. 광고는 그 사람의 무의식과 연동해서 송출되기 때문에 누군가의 광고를 본다는 건 그 사람의 속마음을 대놓고 들여다보는 것과 같아. 게다가 광고로 번역되는 욕망은 얼마나 우스꽝스럽겠어. 좋아하는 남자아이가 지나가는데 내 눈에서 콘돔 광고가 펼쳐진다면? 놀림거리가 되는 걸 한순간도 피할 수가 없었어."

"그래서 떠난 거야?"

"화성에서 살게 되어 얼마나 좋은지 넌 모를 거야. 광고가 사라지니까 생각이 끊겨나가지 않잖아. 자기 전에 했던 생각을 아침에 눈뜨자마자 이어서 할 수 있다는 것만으로 얼마나 자유롭고 해방감이 드는지 몰라. 할아버지가 돌아가신 후 줄곧 떠날 궁리만 했어."

"넌 정말 예뻐."

마야가 뜬금없이 툭 던졌다. 나는 거울 속의 내 모습을 견디지 못했던 사람이다. 그런데 이런 몰골을 한 나에게 예쁘다고 말해주다니.

"눈꺼풀이 없어도?"

고개를 끄덕이는 마야. 나는 덤덤한 어조를 유지하려고 애를 쓴다.

"고마워. 너도 아주 예뻐."

"아가미가 있는데도?"

마야는 내 손가락을 가져다가 귀 뒤의 살결을 만지게 했다. 내 손이 닿자 마야는 작게 몸을 떨었다. 아가미가 부풀었다 가라앉는 것처럼.

"붕어 새끼라는 별명은 나한테 붙어야 할 것 같은데. 난 그런 말 들어도 별로 기분 나쁠 것 같지 않아. 얼른 물고기 숨을 쉬고 싶거든."

수치심에 물들지 않은 마야는 순진한 목소리로 말한다. '물고기 숨'이란 아가미 호흡을 말하는 것이리라. 나는 그렇게 될 거라고 말해준다. 솔직히 마야의 미래는 보고 싶지 않다. 자꾸만 이런 목소리가 들려오기 때문이다.

'그애는 떠나고, 넌 여기 남겨질 거야.'

나는 이제 막 생겨나려는 마음을 손가락으로 꾹 누르듯 억누른다. 상처받는 순간이 오기 전에 상처받지 않도록 어둠 속에 미리 가 있는 것, 그것이 내 오랜 습관이었으니까.

*

오랜만에 햇빛이 선명하게 좋은 날이다. 우리는 야외에서 식사를 하기로 하고 호숫가에 테이블을 차렸다. 정확히는 나와 마야, 두 사람만 먹으면 되지만 어쨌거나 '식사'라는 행위를 위해 다 같이 앉는다. 데이모스는 서버 노릇을 하고 라이카는 철퍽거리며 죽 같은 것을 들이켠다. 유령 개는 허기질 일이 없고 데이모스는 태양 쪽을 향해 지그시 눈을 감는 것이야말로 진정한 식사일 터인데도 짐짓 다 같이 식탁에 둘러앉은 품새가 재미있다. 개와 로봇으로 된 이 최고의 보모 군단은 마야가 태어나 지금에 이르기까지 결코 혼자서 밥 먹게 내버려둔

적이 없던 모양이다.

식사는 연기에 불과하고 본질은 대화에 있다.

"만약 지구인들이 공격해서 우리가 대피해야 한다면 가장 확실한 곳은 우주야. 우리가 우주에 나간다면 두 가지 조건을 충족해야겠지. 첫째, 실제로 갈 수 있고 둘째, 확실히 돌아올 수 있는 곳이어야 해."

"그렇다면 위성뿐이겠네. 포보스와 데이모스밖에 갈 데가 더 있어? 포보스가 더 가까우니까 그리로 가면 어때? 나 참, 이런 말을 데이모스에게 하고 있으니까 말장난같이 들리는데."

라이카는 수프 그릇을 핥으며 대답한다.

로봇과 개는 오늘 '잠시' 우주 밖으로 나가 있다가 '다시' 돌아오는 플랜 F에 대해 토론하고 있다. 플랜 A부터 E에는 다양한 위장술과 방어술, 이사 계획 등이 포함되어 있지만 공격 항목은 빠져 있다. 이들은 지금까지 가꿔온 세계를 자기 손으로 훼손시킬 수 없는 것이다. 마야의 나이와 똑같은 십오 년 된 세계의 거미줄 하나 건드리고 싶지 않은 것이 솔직한 심경일 것이다.

'괜히 내가 와서……'

수심어린 토론을 보니 슬그머니 미안해진다. 이 평화를 뒤흔든 존재가 바로 나였으니까. 마야의 친구 노릇을 하고, 설거지며 청소를 거들고, 식물을 돌보고 있긴 하다. 하지만 내가 와서 식량이 두 배로 나가고 있으니 나도 뭔가 기여를 해야 한다.

루의 나무에 기대는 동안 나에게 색다른 아이디어가 떠오른다. 내가 짚고 있는 땅에서 솟아난 버섯으로 말미암아서였다. 버섯의 색과 향, 그리고 뿌연 주파수 같은 것이 머릿속으로 섞여들어 미래의 한 장면을 만들어냈다. 나는 타로카드를 내려놓고 해석하는 것처럼 두서없이 보이는 이미지에 더해서 더듬더듬 말하기 시작했다.

"무슨 소리야? 버섯으로 뭘 어쩐다고?"

미래가 섞여 있는 현재를 말하는 내 문장에는 생략과 비약이 너무 많다. 나는 뒤섞인 카드를 순서대로 재배열하듯 차근차근 말하기 위해 노력했다.

"화성에 오기 전부터 이 나무를 봤어."

등뒤의 루의 나무. 굵은 가지에는 마야가 어린 시절에 타던 그네가 여전히 매여 있다. 라포르투나호에서 달아날 때 본능적으로 나무의 전파를 수신할 수 있었다. 나에게는 선명하게 들렸다. 그것은 끙끙대는 소리, 으르렁대는 소리, 휘파람소리, 나지막한 탄식 소리처럼 여러 소리가 다발로 섞인 음의 덩어리이다. 어두운 동굴 속의 박쥐가 초음파로 날아갈 방향을 가늠하듯 나 역시 본능적으로 그 신호를 따라왔다.

루의 나무는 식물 언어의 사전과 같았다. 나무의 말을 알아듣게 되자 인근의 꽃과 풀의 연약한 진동 같은 말도 조금씩 감지할 수 있었다. 버섯은 식물과 동물의 중간이므로 언젠가는 동물의 말도 알아들을 수 있을지 모른다…… 흩어지려는 생각을 모으기 위해 땅에 배를 대고 엎드려서 쥐회색의 버섯 하나를 가리켰다.

"이 우산처럼 생긴 버섯 말이야. 요즘 숲에 많이 올라오는 것 같지?"

"응. 그치만 맛은 별로야. 쓰고 떫잖아."

마야는 버섯의 맛이 생각났는지 인상을 찡그린다.

"이 버섯의 균사에 이방인이 닿으면 신호를 보낼 수 있어. 난 그걸 들을 수 있고."

나는 은밀한 포자의 네트워크를 설명하려고 노력했다. 우산 버섯이라고 불리는 이 버섯은 연약하고 민감하다. 외부의 무언가가 들어오면 '충격을 받은 것처럼' 포자를 사방으로 퍼트린다. 두 겹, 세 겹 거미줄 같은 균사의 채널을 통해 일제히 시그널을 보내는 것이다. 평소에도 버섯들은 끊임없이 안부를 주고받는다. '괜찮아?' '응. 위험하지 않아.' '그쪽은?' '여기도.' 인간 언어로 번역하면 이와 비슷한 말들이 오가고 있다. 루의 나무에 기대어 내가 들은 것도 바로 이런 신호였다.

"이것을 센서로 쓸 수 있어."

내 주장은 우산버섯이 은거지를 완전히 에워싸도록 만들자는 것. 그러면 이방인이 왔을 때 즉시 알아차릴 수 있을 것이다. 데이모스와 라이카도 내 얘기에 귀를 기울이고 있다.

"그게 가능할까?"

라이카가 묻자 데이모스가 얼른 주석을 달아준다.

"근거 없는 소리는 아니야. 곤충에게 공격당한 풀잎이 곤충들이 싫어하는 냄새를 만들어 자기를 방어하기도 하거든. 그러면 그 냄새를 맡은 풀들이 일제히 같은 향을 만들어내. 식물들의 고유 언어는 미묘하지만 확실해."

내세울 거라고는 예감밖에 없기 때문에 나는 약간 주저했다. 이들이 내 말에 귀기울일수록 '틀렸으면 어쩌지?' 하는 우려가 들기도 한다. 이따금 지나가는 환시와 소리를 붙잡기 위해 애를 쓰지만 그것이 영영 뽑히지 않을 제비인지 누가 알겠는가. 미래는 수십 가지로 열려 있다. 현재라는 경우의 수가 시시각각 변하기 때문이다. 그러니 반복되거나 선명히 나타나는 이미지를 분별하는 훈련이 필요하다. 빈도수와 선명도, 그리고 내 안에 강력하게 일어나는 인력과 척력을 감지해야 한다. 지금까지 본 미래 환시에는 분명히 진실이, 순서는 뒤죽박죽이라도 진실의 조각이 들어 있었다.

"이게 레이더 구실을 할 거라고?"

무심결에 마야는 눈앞의 우산버섯을 쑥 뽑아올렸다. 버섯의 비명이 숲에 가득 메아리치는 것을 오직 나만이 들을 수 있었다. 버섯에게는 불운이지만 나에게는 아이디어를 검증할 순간이기도 했다.

"버섯의 신호를 감지할 수 있다면 적외선 센서 못지않은 장비를 갖추게 되는 셈이지. 침입자가 발생할 때 대비할 시간을 벌 수 있겠네. 다만 얼마간이라도."

"맞아. 우리집은 너무 멋지잖아. 인간들이 분명 탐낼 거야."

마야는 스위트홈의 모든 것을 자랑스러워한다. 트레일러하우스처럼 보이는 낡은 우주선과 재활용한 가구들도. 마야는 공산품을 몰라서인지 재료를 해체해서 조립하거나 새로 깁고 누벼서 만든 모든 것을 특별한 작품처럼 여긴다. 그러니 데이모스가 얼마나 구형 기종인지도 절대 모를 것이다.

"키나가 온 다음부터 식물들이 한층 잘 자라는 것처럼 보여. 기분인지는 몰라도."

데이모스가 또 로봇답지 않은 표현을 쓴다. '기분'. 현지인보다 더 능숙하게 그 나라 말을 쓰는 사람을 볼 때처럼 이따금 데이모스가 인간보다 더 인간적으로 느껴질 때가 있다. '인간적'이라는 표현은 정말로 인간적인 순간에만 어울린다. 주어가 인간이 아닐 때도 마찬가지다. 그래서 그런 제목의 책이 나왔나?

"『인간적인, 너무나 인간적인』 말이지?"

라이카가 고개를 끄덕끄덕했다. 입 밖으로 아무 말도 하지 않았는데 내 생각을 어떻게 들은 걸까?

"유령한테 텔레파시는 껌이지. 그나저나 열다섯 살이 니체를 떠올리다니 기특한걸? 우리 마야는 당최 철학책은 거들떠도 보지 않는단 말씀이야. 내가 그렇게 조기교육을 시켰건만……"

"시끄럽고, 우선 이 버섯이나 어떻게 할지 얘기해. 키나 말대로 하려면 버섯이 왕창 많이 필요한데 대량으로 키우려면 어떻게 하지?"

"말 좀 제대로 갖춰서 할 수 없어? '왕창 많이'가 뭐냐? 유치하게."

라이카와 마야가 옥신각신하는 동안 데이모스는 입체 도면 하나를 완성해 보여주었다.

"우산버섯이 자랄 수 있는 숲의 가장자리가 군데군데 뚫려 있고 범위도 좁아. 좀더 촘촘히, 권역을 넓게 확장할 수 있도록 해야겠어."

적과 방어에 대한 이야기를 나누고 있으니 막연했던 공격이 분명해지는 느낌이 든다. 한편으로 우산버섯처럼 눈에 띄지 않는 생태계 친구들로부터 도움을 받을 수 있으리라는 가능성 또한 고개를 든다. '채널'은 점점 더 넓어질 것이다.

*

우주를 떠다니는 비눗방울이 있어

스노볼

안정시의 심박수

숲과 늪

분광

급식 튜브

별들의 고리. 아름다운 돌의 손가락

장거리 로켓이 숨어 있어

우주로 가서 숨자 영원히

열두 개의 발레리나 오르골

나는 윙크를 잃어버렸어

길과 별빛

헬멧을 쓰고 슈트를 입으면 로봇과 분간이 가지 않아

생명 유지 시스템

핵무기를 실은 로켓. 이걸 추진체로 운석을 이동시킬 거야

앨리스, 혹은 알리체.

지구는 무의미해

간헐천 속에 누가 있어

누가

있어

사방에서 달려드는 속삭임, 귀를 막아도 들려오고 눈을 가려도 보이는 세상 속에서 바르작거리는 나, 소용돌이에 휘말려 가라앉는 소녀.

"간헐천 속에 누가 있어!"

마야가 달려와서 누워 있던 나를 흔들었다. 겹쳐진 상이 하나로 모이며 정신이 돌아온다. 악몽에서 놓여난 나는 마지막 목소리가 마야의 것이라는 사실을 깨닫고 안도했다.

"잠수 기록을 늘리려고 물속에 오래 있었거든. 그런데 나 말고 누가 또 있는 것 같은 느낌이 드는 거야. 눈을 떠보니 웬 남자가!"

물비린내가 확 끼쳤다. 머리카락과 목에 붙은 수초들을 떼어내는 마야의 손가락 사이로 물갈퀴가 반짝거려 심장이 주저앉는다. 저러다 비늘이 돋아날 것 같아서. 마야가 영영 물속으로 들어가버릴 것 같아서. 하지만 지금 중요한 것은 그런 게 아니다.

"간헐천은 호수에서도 가장 깊은 곳에 있거든. 거기에 누가 있다는 것이 보고도 믿기지 않아."

"잘못 본 거 아니야? 커다란 물고기나 바위를 사람으로 착각한 건지도 모르잖아."

"사람이 확실해! 게다가 남자였어. 옷은 하나도 입고 있지 않았어."

"들어가자. 가서 얘기하자."

겨우 진정시켜 우주선으로 들어갔다. 우리의 말에 라이카가 놀라서 펄쩍 뛰었다. 몸에 붙은 벼룩들이 덩달아 높이 튕겨나가 심각한 상황인데도 만화처럼 보인다.

"말도 안 돼! 우리가 모르는 사이에 호수에 들어갈 수가 있나? 키나가 줄곧 버섯을 체크하고 있었는데."

사실이다. 우산버섯은 평화롭게 자기 영토를 늘리고 있었고 아무런 위험신호도 보내지 않았다. 하나만 밟혀도 비명을 질러대는 버섯들인데 포자 하나 건드리지 않고 땅을 밟아 호수에 들어갈 수는 없다. 나는 방어막에는 아무런 이상이 없다고, 그 남자는 땅에서 호수로 들어간 게 아니라고 말했다.

"그럼 물속에서 솟아오르기라도 했단 소리야?"

라이카가 반문하자 그때까지 침묵을 지키던 데이모스가 무겁게 말했다.

"감시카메라에 잡힌 것도 없어. 그 남자는 외부에서 온 게 아니야."

우리는 무거운 침묵에 빠졌다. 내 추측이 사실이라면 그 남자는 호수 내부의 간헐천을 통해 어디선가 이곳으로 왔다는 말이 된다. 데이모스가 지금은 호수가 된 우물을 발견한 것은 루가 화성에 오기도 전이다. 호수 아래의 구멍이 얼마나 오래되었는지, 어디로 연결되어 있는지는 아무도 모른다.

데이모스는 우주선 바깥 해치까지 모조리 잠그고 당분간 출입을 삼가면서 호수를 주시하자고 했다. 확실한 것이 하나도 없으니 그 말대로 하는 수밖에 없었다.

*

실내 생활이 열흘이 넘어가자 마야와 라이카는 좀이 쑤시는지 볼멘소리를 늘어놓았다.

"수용소가 따로 없네. 산책도 못하고 언제까지 이렇게 지내야 하나, 원 참."

"난 수영하고 싶어 죽겠어. 기껏 물고기 숨을 늘려놨는데 이러다가 아가미가 쪼그라들겠어."

불평이 늘어가는 두 사람과 달리 나는 외려 편했다. 수많은 신호가 걸리지 않아 귀와 눈이 가벼워졌기 때문이다. 그러나 보이는 대로만 보고 들리는 대로만 듣는 게 다소 낯설고 지루하긴 했다. 3차원에서 살다가 2차원 세계로 내려온 느낌이랄까, 내 잘못은 아니지만 밥만 축내는 것 같아 미안한 마음도 들었다.

보름이 넘도록 호수에서는 아무런 변화가 없었다. 그러나 데이모스 몰래 바깥에 나갔던 라이카와 마야가 호들갑을 떨면서 돌아왔다.

"발자국을 봤어. 그놈 발자국이 분명해!"

호수 주변에 사람 발자국이 찍혀 있었다는 것이다.

충격을 받은 데이모스는 모니터만 멀거니 바라보면서 "아무것도 안 보였는데……"라는 소리만 중얼거리고 있었다.

"그놈은 겁먹었어!"

"맞아. 우리를 보자마자 숲으로 달려가 숨더라고."

"우리는 마구 소리를 질렀어. 특히 내가."

"개가 짖어대니까 더 무서웠겠지."

"별것 아닌 놈인지도 몰라. 우리는 넷이고 놈은 하나잖아."

우리는 나름대로 무장을 단단히 하고 우주선 아래로 내려갔다. 라이카가 사납게 짖어대자 남자는 바위 뒤에 숨어서 벌벌 떨었다.

그럼에도 섣불리 그에게 다가갈 수 없었다. 사방에서 코를 찌르는 악취가, 압도적인 분뇨 냄새가 났기 때문이다. 남자는 피부병 환자처럼 거무튀튀하고 얼룩덜룩했다.

"저 자식 뭐야. 냄새나서 죽겠네."

마야와 나는 코를 막고 남자의 모습이 잘 보이는 나무 뒤로 살금살금 이동했다.

왜소한 등이 먼저 보였다. 공벌레처럼 몸을 구부린 남자는 등뼈가 다 보일 만큼 비쩍 말랐고 머리털도 없었다. 인종과 나이를 가늠하기 어려웠다. 사실 그런 것은 눈에 들어오지 않았다. 너무나 이상한 장면을 목격했기 때문이다.

남자는 똥을 누고 있었다.

그리고 자기 똥을 흥미롭다는 듯 한참이나 바라보았다. 고개를 돌리고 싶었지만 이상하게도 시선을 뗄 수 없었다. 남자는 손가락 두 개를 가져가 손에 똥을 묻히더니 무릎에 바르기 시작했다.

"비위 상해서 못 보겠다. 미친놈인가?"

"물에서는 그냥 알몸이었어. 그런데 나와서는 자기 똥을 바르고 앉았네."

"미친놈이라고 위험하지 않을 리 없잖아."

"그런데 왜 버섯들은 가만히 있을까…… 설마, 똥을 발랐기 때문일까?"

기척을 들은 남자가 비명을 질렀다. 그러고는 우리가 때리기라도 할 듯이 손으로 얼굴을 가리고 울부짖었다. 볼썽사나운 남자의 흐느낌은 한참 동안 이어졌다. 어디서 왔느냐고, 이름이 뭐냐고, 호수 바닥에 구멍이라도 있는 거냐고 물었지만 그는 아무런 대답도 하지 못했다. 여기가 어딘지 아느냐고 묻자 처음으로 바닥에 글자를 썼다. '에덴'. 확실히 제정신이 아니다.

남자는 전형적으로 학대받고 고문받은 사람의 반응을 보이고 있다. 조금만 다가가도 공벌레처럼 몸을 웅크리며 히스테

릭한 반응을 보였다. 데이모스는 그가 청각에는 이상이 없으나 혀가 잘렸고, 그래서 말을 할 수 없는 거라고 알려주었다.

"보기보다 위험하진 않을 것 같은데."

혀가 없고 온몸에 똥을 바르는 미치광이는 그렇게 우리의 이웃이 되었다.

*

결국 남자는 숲에 그대로 머무르게 되었다. 그야말로 천둥벌거숭이 상태인 남자를 사막으로 내쫓을 수도 없고, 그렇다고 우주선 안에서 함께 지낼 수도 없는 노릇이니 말이다.

배설물냄새는 기묘한 차폐막이 되어 그의 근처에 얼씬도 할 수 없도록 만들었다. 라이카와 데이모스는 이따금 그에게 다가가 인사를 하지만, 마야와 나는 멀찍이서 목례하는 것으로만 예의를 차리고 있다.

남자는 첫날에만 우리가 준 빵을 먹더니, 그다음부터는 숲에서 요령껏 배를 채우고 있었다. 그는 버섯과 벌레와 열매와 풀 들을 먹고, 이틀에 한 번 똥을 싸고, 처음 볼 때와 다를 바 없이 그 똥을 정성껏 몸에 발랐다. 배설물이 피부이자 의복이어서 똥을 바르지 않으면 알몸인 것과 다를 바 없다는 듯. 애완 벼룩을 키우지만 항상 깔끔하게 단장하는 라이카에 비해 남자는 동물보다 더 동물 같은 상태였다.

그가 마냥 고분고분했던 것은 아니다. 숲을 돌아다니며 남자가 한 짓은 동물의 분뇨를 모으는 것이었다. 새똥을 발라 군데군데 하얗게 변한 남자와 마주치자 혼비백산한 마야가 버럭 화를 냈다.

"새똥을 바르면 어떡해요? 그리고 그 뼈는 뭐예요?"

남자의 손에는 뼈와 깃털이 들려 있었다. 알고 보니 남자가 새똥을 바른 것도 모자라 새를 잡아먹고 뼈를 발라놓은 것이었다. 한 번도 저지르지 않던 살생이란 금기가 보란듯이 깨어지자 마야는 온몸의 피가 다 빠져나가는 듯 아찔했다고 한다.

남자는 잘못했다고 빌면서 손짓 발짓으로 새들이 자신을 공격한다고 표현했다. 우리가 믿지 않자, 침을 발라 자신의 팔에서 동전만큼 똥을 지웠다.

그러자 기다렸다는 듯이 새들이 날아와 남자의 맨살을 쪼기 시작했다. 새들이 똥을 바르지 않은 그의 피부를 공격하는 것은 사실인 모양이다. 마야는 끈기를 가지고, 그러나 코를 막고, 남자에게 차근차근 설명해주었다고 한다.

"숲에 있는 생물들은 우리에게는 더없이 소중해요. 어느 정도냐면 우린 식물은 더러 먹지만 동물은 달걀을 제외한 어떤 것도 건드리지 않고 물론 먹지도 않고 있어요. 동물은 너무나 귀해서 그 수를 늘려야 해요."

남자는 억울하다는 듯 숲의 깊은 곳으로 우리를 이끌었다. 어느덧 그는 과수원지기처럼 과일과 채소를 돌보고 있었고, 숲의 나무 한 그루 한 그루 모르는 것이 없었다. 우리는 암묵적으로 그를 내버려두었고 남자는 이곳에 살게 해준 보답으로 과일을 따서 문 앞에 놓아두곤 했다.

남자가 이끄는 대로 과수원의 나무들로 다가간 우리는 공포인지 경이감인지 알 수 없는 감정에 전율했다. 겉껍질에 싸인 열매 안에는 배아 모양의 무언가가 꿈틀거리고 있었다. 우주선 안에서 머무는 동안 방울토마토만하게 자라난 열매에 이런 일이 일어나고 있었던 것이다.

그동안 이곳의 모든 것이 깊어지고 자라나고 있는 것은 사실이었다. 나무들은 높이 올라가고 잎사귀는 넓어졌으며 꽃들의 색은 화려해지고 있었다. 마야의 아가미가 넓어질수록, 나의 예지력과 생물과의 교감 능력 또한 늘고 있었다. 하지만 동물 열매는 처음이었다.

"심지어 이건 얼룩 모양이네. 호랑이라도 들어 있나? 아니면 표범?"

동물의 줄무늬 같은 껍질을 조심스레 만지면서 마야는 신기하다는 듯이 중얼거렸다. 마야가 반투명한 껍질에 손을 대는 순간 내 눈에는 미래의 한 조각이 지나갔다. 땅에 닿을 듯 휘어져 늘어진 열매에서 짐승이 태어나는 모습, 이내 네발로 걷기 시작하는 모습이었다. 숲은 더 커지고 넓어져서 이 화성 전체를 뒤덮고 있었다. 아마존의 밀림처럼 울창한 모습을 나는 넋을 잃고 바라보았다. 숲과 동물로 가득한 미래의 모습은 남자가 언젠가 말했던 대로 에덴, 그 자체였으니까.

남자

나는 꿈의 세계로 돌아가기 위해 글을 쓴다.

아무리 공들여도 깨어났던 지점을 찾을 수 없기에, 매번 새로운 갈피에서 깨어난다. 바람에 책장이 넘어가서 어디까지 읽었는지 알지 못하는 책처럼 나는 줄거리를 모르는 채로 어리둥절하게 눈을 뜬다. 그러다 넝쿨에 감기거나 덤불에 삼켜지거나 검치호랑이의 이빨에 물리거나 절벽에서 추락한다. 어디론가 빠지고…… 항상 물이 있다. 우물, 연못, 웅덩이, 호수, 바다에 뛰어들면서 한 장면이 끝나고, 다음 꿈에서 깨어나곤 했다.

우리 고장에서는 나와 같은 사람들을 슬리퍼Sleeper라고 부른다. '꿈 조정 약물'을 사용하지 않고 천연 상태로 잠을 청하

여 원시적인 꿈을 꾸는 사람들을 지칭하는 말이다. 사람들은
금세 휘발될 악몽을 위해 가진 전부를 내놓는 슬리퍼들의 욕
망을 이해하지 못한다. 우리는 무해한 천국보다 지옥의 복잡
함을 사랑한다. 독으로 물든 세상에서는 해독제가 독이 되듯
이, 중단 없는 백일몽의 천국에서는 지옥으로 추락하는 순간
만이 구원이다. 눈꺼풀을 들어올리기 전, 매번 생각한다.

'……이러다 영영 깨어나지 못하면 어떡하지?'

나는 꿈 사이를 표류하다가 영원히 돌아오지 않는 이들을
알고 있다. 꿈에 중독된 나머지 현실로 돌아가는 열쇠를 잃어
버린 사람들. 망명자들. 깨어 있는 시간은 점점 줄고, 꿈속에
서 더 오래 살아가는 사람들은 이미 그 세상으로 옮겨가는 중
인지도 모른다. 나 역시 그런 이주자 가운데 하나다. 자발적인
망명은 아니었다. 죄인을 감옥에 가두듯이 누군가 나를 이곳
으로 보냈다. 그러나 너무 많은 미로를 헤맨 탓에 이곳으로 추
방당한 이유는 잊어버렸다.

꿈속의 나는 폭탄을 잃어버린 테러리스트였고, 실험실을 파
괴한 과학자였다. 누설할 비밀이 더는 없는데 자꾸 고문을 당
했다. 피부가 벗겨지고 혀가 잘렸다. 그 지경이 되어도 여전히
폭탄과 배양액을 사랑했다. 폭탄이 터지는 찰나의 섬광과, 세
포들이 뭉쳐서 박동을 이루는 순간을 지켜보는 것은 나의 기
쁨이자 으뜸가는 의무였다. 그렇지만 중대한 잘못을 저지른

것이 분명하다. 그래서 벌을 받는 것일까? 꿈의 마개를 뽑을 수 없어 영영 흘러다니는 이 형벌을.

물 밖으로 나오자마자 약부터 찾았다. 다른 이에게는 똥에 불과하지만 내게는 약인 물질을. 내 피부는 껍질이 한번 벗겨진 사람처럼 극도로 민감해져 작은 자극도 견뎌내지 못한다. 몸에는 항상 우툴두툴한 아나필락시스 반응이 일어나 있고, 미친듯이 가렵거나 타는 듯이 쓰라리다. 이때 진정시켜주는 것이 똥인데, 그중에서도 새의 분변이 속효성이 가장 좋다. 그들이 나타났을 때 나는 약을 바르는 데 열중해 있었다.

개와 로봇과 소녀. 그런데 여자아이가 하나가 아니라⋯⋯ 둘? 그럼 '트리플 데커Triple decker'는 아닌가? 안심해도 되는 걸까?

"아저씨는 누구예요?"

"이름이 뭐예요?"

"어디서 온 거죠?"

쏟아지는 질문에 대답할 수가 없었다. 기억이 '이름'이라는 상자를 건드렸지만, 안은 텅 비어 있었다. 나는 뇌의 일부가 터진 적이 있다. 피질 속 신경 고속도로망이 파괴되고 세포가 쓸려나갔을 때, 나를 이루는 중요한 특징들을 죄다 잃어버렸다. 부러진 뼈가 대강 붙었다가 재차 탈구된 것처럼 기억이 뚝 뚝 끊겨 있어 파편을 모아봐야 지금의 나를 설명할 수가 없었다. 저 늙은 개(라이카라고 했나? 이름은 통 외우기 힘들다)는 나더러 '외계인을 만나 기억 세탁을 당한 것 같다'고 했는데, 그랬다면 한결 편하게 현실을 받아들일 수 있었을 것 같다.

"제정신이 아닌 것 같은데."

그렇다. 미친 남자, 그게 나다. 알몸에 똥을 바른 채 웅얼거리는 남자. 여자애가 덜렁거리는 성기를 보고 어조의 변화 없이 묻는다.

"저 시든 열매 같은 건 뭐지?"

다행히도 수치심 같은 것은 남아 있지 않았다. 이름을 잊었듯이 수치심도 잊었다. 내가 남자라는 것은 알고 있다. 정확히 말하자면 내가 여자가 아니라는 사실을 알고 있다.

아는 것이 떠오르자 기억이 기포처럼 올라온다. 내가 좋아하는 것은 롤러코스터. 비명을 지르기에 가장 좋은 장소였으니까. 팔을 휘두르거나 괴상한 표정을 지어도 자연스러우니까. 나는 언제나 롤러코스터가 좋았다. 하루에 다섯 번 이상 탄 적도 있다. 제이미도 그랬다. 수술이 많은 달에는 롤러코스터를 타고 '한 바퀴 돌아야' 숨쉴 수 있다고 했다. 놀이기구 공포증이 있는 제이미는 머리를 감싸쥐고 눈물을 줄줄 흘렸다. 그는 눈꺼풀 제거술의 달인이었으니까. 몸이 괴로운 만큼 마음이 편해진다고 했으니까. 숫자 8을 옆으로 눕힌 모양으로 돌아가는 롤러코스터는 그만의 고해소였다. 어쩌면 저 붉은 눈의 여자아이도 제이미의 수술대를 통과했는지 모르지. 그러지 않았기를 빈다. 제이미, 넌 지금 어느 지옥에 있지?

"듣지 못하나봐요."

"아니면 말을 못하거나."

소녀가 일행들에게 소곤거렸다. 나는 입을 가린 소녀의 손가락 사이에 얇은 물갈퀴가 달린 것을 보았다. 어류와의 혼종인가? 나 역시 실험실의 배양액을 휘저으며 키메라를 만든 전력이 있다. 혼종의 탄생은 어려운 일이다. 겨우 태어난다 해도 불구가 되거나 얼마 못 가 죽는 일이 허다했으니까. 마침내 성공하면 로켓에 매달아 먼 하늘로 띄워버렸다. 사피엔스 종의 느려터진 진화 과정을 보충하기 위한 실험이었다.

개와 로봇을 실험체에 붙여 한 세트로 구성한 트리플 데커는 내가 유일하게 로열 헤더로 참여한 프로젝트다. 내 키메라는 65개 종을 섞은 암컷인데, 한 개체를 성공시킬 때마다 사용되고 죽어나간 실험동물의 숫자는 헤아릴 수도 없이 많다. 65종이라니. **우리는 신을 만들려던 것일까?** 신들은 인공 포궁 속에서 자주 사산됐고, 쓸데없이 연약했고, 태어나자마자 미치거나 죽어버리기 일쑤였다. 지구의 자전 속도가 너무 빨라 신을 미치게 만드는지도 모르겠다. 우리는 신이 되지 못한 괴물들을 재빨리 성층권 밖으로 보냈다. 민들레 홀씨를 불어서 사방으로 날려보내는 소년들처럼. 그 결과 보시다시피 연옥의 수레바퀴를 돌고 있는 것이다. 연옥은 과학자가 쓸 만한 농담은 아니지만.

"내 말 들려요? 어디서 왔, 냐, 구, 요!"

한 소녀가 좀더 바싹 다가와 귀에 대고 외쳐 혼자만의 백일몽에서 깨어났다. 큰 소리를 듣자 자동으로 몸이 떨려오기 시작했다. 다그치는 목소리와 아무것도 말할 수 없는 무능, 그다음은 압도적 폭력으로 이어질 것이다…… 얼굴을 가리며 울기 시작한 나를 보고 로봇이 결론을 내려주었다.

"이 사람, 혀가 없어. 성대는 멀쩡하지만."

그제야 말이 안 나오는 이유를 깨닫는다. 어쩐지, 계속 웅얼거리기만 할 뿐 속으로만 지껄이게 되더라니.

혀가 사라진 공간에서 기억이 폭발한다. 이곳에 오기 전에 나는 폐장된 놀이공원의 롤러코스터 속에 앉아 있었다.

시끄러운 음악이 채워야 할 공간에는 녹슨 베어링에서 나는 쇳소리뿐이었다. 곧바로 추락해 두개골이 으깨지는 악몽을 각오했는데, 뜻밖에도 정상적으로 작동한 놀이기구에서 무사히 내려올 수 있었다. 나는 어리둥절한 상태로 안전벨트를 풀고, 레버를 올리고, 분수대까지 비척비척 걸어가 걸터앉았다.

타들어가도록 목이 말랐는데 가게는 텅 비어 개미 새끼 한마리 보이지 않았다. 분수대 물이라도 마셔볼까 하는데 백조

한 마리가 눈에 들어왔다. 분수대에서 유유히 헤엄치는 백조는 합성사진처럼, 혹은 계시처럼 보였다. 부지불식간에 나는 백조를 향해 손을 뻗었고 균형을 잃어 분수대 안으로 풍덩 빠졌다. 바닥이 닿지 않는 물속은 소용돌이치며 내 몸을 빨아들였고 그 서슬에 의식을 잃고 말았다.

깨어나 물 밖으로 나와보니 놀이공원이 사라진 자리에는 황무지와 낡은 집이 보였다. '또 시작이군.' **잊어버리는 것과 잃어버리는 것.** 그것이 내 여행의 핵심이다. 내장을 쥐어짜서 똥을 밀어낼 때처럼 뒤엉킨 머릿속을 헤집어보았다. 몇 번이나 거듭했던 생. 기억은 강의 하천에 쌓인 퇴적물처럼 조금씩 불어났다. 안을 들여다보면 썩은 나뭇잎과 깃털들, 배설물과 먼지로 뒤엉킨 더미가 켜켜이 쌓여 있고, 더 깊은 곳에는 또다른 '기억-퇴적층'이 있다. 과거가 더 오래된 과거를 건드릴 때마다 나는 유령이 되고 만다.

'내가 살아 있기는 한 걸까?'

나에 대한 의심이 드는 순간은 예전에도 늘 있었다. 그때마다 어떻게 혼란에서 빠져나왔는지 떠올랐다. 자해를 했다. 피를 보면 긴장 상태가 풀리면서 내부 압력이 줄어들었으니까. 나는 무사할 것이다. 세포들이 재생되듯이. 이보다 중요한 메시지가 어디 있단 말인가?

피보다 똥이 낫다는 것을 깨닫게 된 계기는 떠오르지 않는다. 두들겨맞고서 누운 채로 똥을 쌌는데, 그 일은 인간으로서의 나를 파괴하는 동시에 보호해주기도 했다. 똥을 바르자 감옥 안의 누구도 나를 때리지 않았다. 방금 감옥이라고 했나? 내가 감옥 안에 갇힌 적이 있던가? 여하튼 똥을 바르면 맞지 않는다. 지금도 보라, 낯선 행성에 도착해 취조당하고 있는데 지금까지 한 대도 맞지 않았다.

"우리가 아저씨를 왜 때려요?"

앞에 선 여자애가 용케도 웅얼거리는 내 말의 일부를 알아들었다.

"그리고 씻는다고 안 죽어요!"

"더운물과 비누도 제공할 수 있습니다. 몸을 가릴 만한 옷도 찾아놨어요."

여자아이의 말을 이어받아 로봇이 회유하듯 말을 건넨다.

"자자, 우선 배부터 채우면 마음이 달라질 거야."

저 개가 가장 센스 있는 것 같다. 빵이 든 바구니를 물어왔으니 말이다.

"여기가 어딘지는 알아요?"

눈꺼풀 없는 소녀가 묻자 입안이 마르고 단어들이 증발한다. 나는 떠오르는 대로 땅에 글자를 쓴다.

······에덴?

누군가 터져나오는 기침을 참는 것 같은 웃음소리를 냈다.

"아저씨, 제발 좀 씻어요. 네? 그럼 안으로 들어올 수 있어요."

*

끈질기게 목욕을 권유하던 그들은 마침내 포기하고 물러섰다.

그렇다고 나를 숲 밖 황무지로 쫓아내지는 않았다. 나는 나무 사이에 거처를 마련하고 숲에서 따로 지낸다. 시간이 흐르면서 나 자신은 정원사라고 생각하고 있다. 텃밭과 과수원에 물을 주고 먹거리를 구하기 위해 온종일 쏘다니고 있으니까. 나는 식용식물과 버섯과 열매와 곤충을 분별할 수 있었다. 주머니에 들어 있는 물건처럼 내 머리에는 그런 지혜가 들어 있어 언제든 꺼낼 수 있었다. 블루베리나 산딸기를 찾으면 그들의 관대함에 보답하기 위해 집 앞에 가져다놓는다. 그들이 먹는지 새들이 쪼아먹는지 알 수 없지만 어느 쪽이든 상관없다.

곤충은 먹어도 되지만 동물은 잡아먹으면 안 된다. 딱 한 번 새를 구워 먹은 적이 있는데, 우주선 식구들이 그 사실을 알고 격분했다.

"미쳤어. 이 귀한 동물을!"

"너도 구워줄까? 새는 알 속에 있을 때부터 우리 식구였다고."

"숲의 생물들은 더없이 소중합니다. 우리는 식물은 먹지만 동물은 닭이 낳은 달걀을 제외한 어느 것도 건드리지 않고 먹지도 않고 있어요. 동물은 너무 귀해서 숫자를 늘려야 해요."

'하지만 많아질 것 같은데. 저길 봐. 동물들이 자라고 있잖아.'

혀가 없어 억울한 내 처지를 변호할 수 없는 것이 답답했다. 그래서 전부터 눈여겨봐둔 숲의 깊숙한 안쪽으로 그들을 데려 갔다. 열매를 맺기 시작한 나무들의 가지가 묵직하게 휘어졌는데, 겉껍질에 싸인 열매 안에는 배아 모양의 무언가가 꿈틀거리고 있었다. **동물 열매.** 나는 땅바닥에 이렇게 썼다.

식구들은 상반된 반응을 보였다. 숲의 설계자인 데이모스는 기뻐했지만, 라이카는 자기보다 덩치 큰 동물이 나올까봐 다소 두려워했다. 마야는 귀여운 토끼나 고양이가 나왔으면 좋겠다며 희망 사항을 말했고, 키나는 앞으로 나올 동물이 무엇인지 알아맞히려는 듯 열매 안을 들여다보았다.

이곳의 모든 자연은 나날이 커지고 깊어지고 있다. 나무는 높아지고 잎사귀는 넓어졌으며 꽃들의 색은 화려해지고 나비의 종수는 늘어났다. 석연치 않을 만큼 놀라운 성장 속도를 보이는 숲의 비밀은 무엇일까?

앞으로는 절대로 동물을 사냥하지 않겠다고 다짐한 후, 한층 더 부지런히 숲의 형태를 지켜보기로 했다. 그러다가 사랑에 빠진 소녀들의 모습을 보고 말았다.

밤 산책을 다니기에 적당했던 초여름 밤, 나는 두 소녀가 입을 맞추는 모습을 보았다. 그들은 자신의 육체들이 만들어낸 공간 속으로 스며들어 나오지 않았다. 팔과 팔 사이에, 목과 어깨 사이에, 가슴과 가슴 사이에 입술과 눈빛이 오래 머물렀다. 그들을 방해하지 않기 위해 발소리를 내지 않고 그 자리를 빠져나왔다. 그러면서 문득 깨달았다. **서로의 품에 안겨 있는 소녀들과 숲의 번영은 연결되어 있다.** 이 숲은 마야의 성장과 더불어 자라났고, 무성해졌고, 권역을 넓혀나갔을 것이다. 어떻게 그럴 수 있을까? 자연이 마치 마야에 '맞춰서' 자라도록 누군가 설계한 것일까? 이곳도 유리 돔을 씌운 개미들의 서식지처럼 누군가의 실험실인가?

이 모든 직관이 내 머릿속에 저절로 떠오른 것도 이상하다. 그렇다면 이 숲에 흘러들어온 나는, 나 자신은 실험동물이 아니라고 할 수 있을까?

*

멀리서 보면 우주선은 함석으로 만든 녹슨 트레일러처럼 보인다. 가지가 넓게 벌어진 무성한 나무들로 둘러싸여 있고 작은 정원과 꽃밭이 딸려 있어, 남루하지만 탈것으로는 보이지 않는다. 옆에는 온실 겸 데이모스의 실험실이 설치되어 있고, 마야가 어릴 때 놀던 그네 놀이터, 나무 테이블과 의자, 라이카가 심심할 때 파고 노는 구덩이 같은 것이 있다. 집에서 이십여 미터쯤 내려가면 높게 자란 수초에 빙 둘러싸인 호수, 해먹이 달린 떡갈나무 두 그루, 과수원과 그 너머의 숲까지 펼쳐져 있다. 숲의 가장자리에 누런 띠처럼 보이는 황무지들이 화성의 본래 모습이다. 멀리서 보면 이 공간이 녹색 섬처럼 보이지 않을까. 오아시스 근처에 생겨난 사막의 작은 마을처럼 이곳만의 아늑함과 작은 풍요가 있다.

시간이 꽤 흘렀지만 소녀들과는 여전히 데면데면 지낸다.

그들은 나를 보면 멀리서 고개만 까딱하고 바삐 지나간다. 똥을 바르는 남자가 더럽고 무섭겠지. 그래도 이 습관은 버릴 수 없다. 생존과 직결되는 문제이기도 하다. 맨살이 드러나면 반드시 새들이 알아차리고 쪼아댔으니까. 날카로운 새들의 부리에 내 살점은 쉽게 찢어진다.

모든 새가 나에게 적대적인 것은 아니었다. 뜻밖에도 나는 새 한 마리를 길들이는 데 성공했는데, 그것도 보기 드물게 아름다운 깃털을 가진 케찰이었다. 케찰은 중남미 깊숙한 밀림에 사는데, 이곳에서 만난 새는 그것과 완전히 똑같지는 않지만 그에 필적할 만큼 찬란한 깃털과 노랫소리를 가졌다. 붉은

색의 날개 깃털에 비단 같은 청록색 꼬리 깃털, 검고 고혹적인 눈동자를 지녔고 무엇보다 황홀할 정도로 아름답게 노래를 부른다. 날개를 펼쳤을 때 내 손만한 크기의 새는 다른 새들과 달리 손바닥에 벌레를 올려놓으면 곧잘 쪼아먹더니 내 주변에 곧잘 날아온다. 작고 아름다운 새와 더럽고 추한 내가 함께 있는 모습은 그야말로 미와 추의 극단적인 대조를 이루는 풍경이겠으나 우리는 함께 식사를 하고 잠이 든다. 새는 나와 종종 벌레를 나눠 먹었고, 내가 잠든 나뭇가지 위에서 잠이 들기도 했다.

루.

나는 새에게 좋아하는 이름을 붙여주었다. 최초로 성공한 키메라에게 붙인 이름이다. 발사되고 스물네 시간 만에 교신이 끊겨버렸지만 성층권을 벗어난 루의 로켓이 우리가 알지 못하는 어느 궤도를 따라 돌고 있으리라 믿고 싶다. 나는 호수에서 가장 큰 나무에 기대앉아 드러난 무릎과 팔꿈치에 다시 한번 약을 발랐다.

*

라이카가 내 오두막을 방문했다. 오두막이라고 해봤자 천장만 있고 벽은 없는 남루한 공간이지만, '손님'이 들어오니 왠

지 다른 장소가 되는 것 같다. 처음 방문하는 곳임에도 라이카는 마른풀로 푹신하게 해놓은 안쪽 자리에 자리잡고 편안하게 앉았다.

"데이모스가 다쳤어."

라이카는 침울하고 짧게 그르릉거렸다.

뇌우가 치던 밤, 데이모스가 전자파 이상으로 쇼크를 일으키더니 몸에서 원인 모를 불길이 치솟으며 큰 부상을 당했다는 것이다.

"하마터면 내 털을 모조리 태울 뻔했다니까."

라이카는 그을린 자국을 보여주면서 모두의 안전을 위해 데이모스는 부상에서 회복될 때까지 일에서 손을 떼고 회복 기간을 갖기로 했다고 말했다.

"현재는 반신불수나 다름없는 상태야. 너무 혹사했던 것 같아. 먹을 것도 구해 오고 요리도 도맡았으니 탐사 로봇이 아니라 케어봇처럼 살아온 셈이지. 우리가 이만큼 사는 것도 데이모스의 역할이 큰데 걱정이 이만저만이 아니야. 아무튼 당신이 이제 도와줘야겠어. 집세 낸다 생각하고…… 인간 둘을 나 혼자 부양하긴 힘들어."

한마디로 식량 조달을 도와달라는 것이었다. 나는 고개를 끄덕였다. 그다음날부터 나는 라이카와 함께 채집활동에 박차를 가했다. 밭의 작물도 맹렬하게 늘려놓았고, 하루에 두세 번

열심히 물을 줬다. 은퇴한 맹인 안내견과 비슷한 처지가 된 데이모스는 아이들이 정성껏 돌보는 모양이었다.

라이카와 나는 숲을 뛰어다니며 열매와 구근식물을 캐고, 다 익은 '동물 열매'를 따 땅 위에서 부화시켰다. 너무 높이 달린 열매가 땅에 떨어지면 동물이 태어나자마자 부상을 당할 위험이 있었기 때문이다. 가을로 접어들면서 상당수의 열매가 무사히 태어났고, 숲에는 다람쥐나 청설모 같은 설치류를 비롯한 작은 초식동물들이 뛰어다니기 시작했다.

데이모스의 부상이 나와 우주선 식구들을 한층 더 가깝게 만들어주었다. 라이카와의 대화를 통해 나는 화성의 남반구에 키나의 일행인 지구인이 있다는 사실과 우주선 식구들이 줄곧 그들의 공격을 대비해왔다는 사실도 새로이 알게 되었다. 만약 지구인들이 침입한다면 숲에서 살아가는 내가 가장 먼저 알게 될 테니 신호를 보내기로 약속했다.

이곳에 온 후 이상하리만치 꿈 없는 잠을 자고 있다. 꿈 없는 잠이라니, 얼마나 달콤한가. 꿈 없는 잠은 감각 박탈 탱크에 둥둥 떠서 온몸의 근육을 느슨하게 이완시키는 경험과 유사하다. 악몽의 미로를 헤맨 끝에 마침내 이 별에서 휴식을 찾아낸 모양이다. 그래서인지 피와 진물이 흐르던 상처에 새살이 돋고 있다.

밤의 호수는 잔잔하고 새들이 잠든 숲은 고요하다. 기억 상자들은 안전하게 입을 다물고 있다. 배설과 피부, 잘 자라나는 식물들과 아름다운 청록색 꼬리 깃털을 가진 나의 새. 모든 것이 평화로웠다. 지구인들이 나타나기 전까지는.

*

오래전 나는 층간 소음이 심한 목조 주택에서 사흘 밤을 보낸 적이 있다.

레트로 열풍을 타고 과거의 건축을 재현해놓은 휴가지의 체험형 호텔이었다. 위층에는 나이가 지긋한 부부가 머물렀는데, 밤마다 그들의 발소리가 얼마나 시끄러웠는지 잠을 이룰수 없었다. 참고 참다가 결국 나도 모르게 풋스툴을 집어던졌다. 천장을 강타한 의자는 박살이 났고, 위층은 조용해졌다.

지구인들이 온 밤에 느낀 성가심도 비슷했다. 이상하게 위협은 느껴지지 않고, 시끄러운 위층 노인들처럼 가소롭기만 했다. 지구인들이 주춤주춤 뒷걸음질하는 소리, 저들끼리 속삭이는 소리, 낯선 곳에서 두려움을 느끼고 경계하는 움직임이 또렷하게 들려왔다. 나는 자리에 누운 채로 우주선에 신호를 보내기 위해 긴 휘파람소리를 냈다. 그 소리에 가지에 앉아있던 루가 깨어나 어디론가 날아가버렸다.

나는 루가 앉아 있던 나뭇가지의 끝을 조금 잘라 허리끈에

꽂았다. 이렇게 하면 새의 힘을 얻을 수 있다. 꿈에서 저절로 알게 되는 지혜처럼, 나는 곤충을 통해 전조를 얻고 새를 통해 용기를 얻는다. 빨갛고 작은 열매를 우물거림으로써 사라진 혀를 대신하는 것도 자연스레 익혔다. 모든 준비를 마치자 우주선에서 내 신호에 답가라도 하듯 휘파람소리가 들려왔다. 알려주기 전부터 어린 무녀인 키나는 이미 눈치챘을지도 모른다. 그애는 숲의 버섯들과 교신하고 있으니 바짝 다가온 외지인의 기척을 몰랐을 리 없다.

숲이 동요하고 있다. 대기 중에는 버섯의 포자들이 부옇게 떠다녔고, 주광성 곤충들조차 깨어나 윙윙거렸다. 그 사이로 최대한 소리를 낮춘 무리가 천천히 다가왔다. 부연 회색 안개 속에 침입자들의 모습이 나타났다. 그들의 모습은 질 낮은 공기, 부족한 식수, 잦은 전염병, 항구적인 영양 결핍에 시달리는 우리 고향의 하층민들과 비슷했다. 스물? 스물둘?

스물셋까지 세었을 때 머리 하나가 사라졌다.

그러니까, 몸은 그대로 있는데 투구가 벗겨지듯 머리통이 발밑으로 굴러떨어졌다는 소리다. 너무도 깨끗한 절단 뒤에 피가 분수처럼 솟구쳤고 그것을 신호로 다른 이들의 신체도 도륙당하기 시작했다. 절삭기에 들어간 종이처럼 그들은 세로로, 가로로, 대각선으로 잘려나갔다. 그 자리에 피가 솟구쳤고 아직 살아 있는 얼굴에서는 경악과 비명이 터져나왔다. 사방에는 순식간에 스물세 구의 시체가 나뒹굴었다.

비명마저 사라진 피 웅덩이에는 적막이 감돌았다.

다음 순간 잘린 신체들은 큐비즘으로 그려진 그림처럼 제멋대로 붙었다. 가슴은 머리에, 다리는 배 좌우에, 두 팔로 기어다니는 신체와 머리를 바퀴처럼 굴리는 신체들이 어지러운 동작으로 꿈틀거렸다. 몸통에 머리도 없이 다리만 잔뜩 붙은 사람도 있고, 머리 두 개가 한데 붙어 한 쌍의 바퀴처럼 변한 몸도 있다. 이 잔혹한 놀이, 잔혹할수록 달아오르는 놀이를 어디에서 보았던가? 유전자 가위로 오리고 붙이던 나의 실험실에서? 아니다. 이건 모두 악몽 속에 펼쳐진 아코디언 주름에 불과하다. 그제야 나는 내 눈에 보이는 모든 것이 신기루라는 것을 깨닫고 눈을 비볐다. 그러나 신기루는 사라지기는커녕 더욱 규모를 불려갔다.

이번에는 황무지에서 거대한 롤러코스터가 솟구쳐올랐다. 십자가에 매달린 예수처럼 한 남자가 작동중인 놀이기구에 묶여 있었다. 온몸을 난도질당한 제이미가, 핏발 선 두 눈에 눈꺼풀이 사라진 제이미가 밧줄에 묶여 끝도 없이 질주하고 있다. 목에는 유리병이 걸려 있었는데, 병 안에는 말린 꽃잎처럼 차곡차곡 눈꺼풀이 담겨 있었다. 모든 장면이 슬로모션처럼 하나하나 선명히 보였다. 누가 이런 짓을 한 것일까? 누가 이런 신기루를 만든 것일까?

'나지 누구겠어.'

불쑥 대답이 들려왔다.

충격을 받은 나는 가만히 서 있었다. 친숙한 목소리. 마야, 활기 넘치는 소녀의 목소리가 내 두뇌 안에서 저음으로 착 가라앉아 들려온 것이다. 이런 짓을 마야가 했다고? 그럴 리 없다! 저 목소리에 담긴 소름끼치는 냉기는 그애의 것이 아니다.

'흥미롭군. 환영幻影을 뜻하는 이름이라니.'

스물세 명의 지구인들은 침입자가 아니었다. 그들은 도주자다. 희생자, 순교자, 공물이다. 살기 위해 도망쳐왔으나 절대적 존재에게 바쳐질 피와 고기들. 그런데 누구에게? 신과 다름없는 키메라, 복제되어 우주를 떠도는 **앨리스, 알리스, 알리체. 알리체!** 기억이 부비트랩처럼 폭발한다. 가장 완벽한 키메라. 그녀는 태양계 바깥으로 나가자마자 스스로 교신을 끊었다. 그런 그녀가 이곳에 와 있다. 주머니에 든 물건처럼 나는 이 모든 일을 훤히 꿰뚫어볼 수 있었다. 내가 모르는 건 내가 어떻게 이 사실을 저절로 '아느냐'는 것이다. 답은 뻔하다. 누군가 내 머릿속에 접속해 들어온 것이다.

나무 뒤에 숨어 있는 개와 소녀들의 존재도 느낄 수 있었다. 저전력 모드에 들어간 데이모스는 우주선에 남아 있을 것이다. 라이카와 마야와 키나도 도륙당한 시체들에게 벌어진 기이한 일들을 모두 지켜보았을 것이다. 침입자는 지구인이 아니었다. 침입자는 더 전능하고 더 잔인한 미토콘드리아 이브, 알리체였다. 마야와 같은 배양액에서 수정되었으나, 다른 행성에서 태어나 다른 운명으로 성장한 알리체. 오래전 지구에서 만들어낸 프랑켄슈타인이자 신-괴물.

꿈의 명령은 절대적이다. 꿈은 나에게 '선물'을 준비하라고 했다. 아무리 큰 희생이 따르더라도 꿈의 명령은 반드시 이행해야 한다. 나는 결심한다. 모든 것을 바쳐서라도 마야를 알리체로부터 지켜낼 것. 내가 이 별에 도착한 것은 우연이 아니다.

나는 마음을 진정시키기 위해 입안의 붉은 열매를 굴렸다.

*

침묵을 깬 것은 높이 솟아오르는 나의 새, 루였다.

루가 날아오르자 숲 전체에 사이렌소리와 같은 경고의 노래가 울려퍼진다. 루는 높고 빠른 경고의 노래를 부른다. 다음순간 보이지 않는 손가락에 교살당하는 것처럼 새의 목이 이상한 각도로 꺾이고 비틀린다. 너무나 신속하게 이루어진 살육의 결과는 깔끔한 해체. 루의 아름다운 청록색 꼬리 깃털이 허공에서 무자비하게 뽑히더니 마침내 한 소녀의 실루엣이 모습을 드러낸다.

낯선 소녀는 새의 꽁지깃 하나를 뽑아 입으로 후 불었다. 청록색 망토를 걸치고 붉은 실로 수를 놓은 옷을 입은 알리체는 죽은 새처럼 화려하다. 그녀는 발 없는 귀신이 그러하듯 움직임 없이 다가와 마야의 앞에 섰다. 두 사람의 얼굴은 쌍둥이처럼 똑같다.

"내가 널 놀라게 했니?"

알리체는 짐짓 다정하게 묻는다. 다른 이는 보이지도 않는 것처럼 오직 마야에게만 눈을 맞춘다. 마야는 놀란 눈치지만 뒤로 물러서지는 않았다. 그애의 두 눈에 두려움은 없다. 오로지 호기심뿐이다.

"제우스 신화는 들어봤지?"

알리체는 나무에 묵직하게 매달린 동물 열매를 수박이 잘 익었는지 두들겨보는 사람처럼 툭툭 친다. 그러자 열매에서 다 자란 자칼이 쏟아져나와 사방을 뛰어다니다가 어디론가 사라졌다. 무심히 열매들을 건드릴 때마다 재규어와 악어와 사자 같은 것들이 튀어나온다. 마지막으로 커다란 뱀이 기어나와 알리체의 발목에 넝쿨식물처럼 감겼다. 이 모든 연출이 참을 수 없이 연극적이고 유치하다고 나는 생각한다.

"막내였지만 아버지에게 잡아먹힌 형제들을 하나하나 꺼내면서 으뜸가는 신이 된 제우스 말이야. 나도 비슷해. 너보다 나중에 만들어졌지만 태어나기는 내가 더 빨랐으니까 말하자면 언니라고 할 수 있겠지. 넌 이 우주에 '자매들'이 얼마나 되는 줄은 아니?"

마야는 고개를 가로저었다. 수다스러운 마야가 할말을 잃은 모습은 결코 좋은 징조가 아니다.

"앨리스. 우린 자동으로 복제되는 우주 먼지나 스팸 덩어리 같은 게 아니야. 잡종 고기도 아니고. 너와 내가 힘을 합친다면 우리만의 독립 행성 하나 세우지 못하겠니? 종족주의는 인간의 것이지만 난 그게 나쁘다고 생각하지 않아."

"……나를 왜 이상한 이름으로 불러?"

드디어 마야가 대꾸를 했다.

"앨리스, 알리스, 알리체, 뭐든 상관없지. 진짜 이름도 아니고 그저 기호에 불과하니까 말이야. 두 개의 마주보는 거울에서 생겨나는 끝없는 복도. 거기에 한 칸씩 들어 있는 씨앗 중에 몇 개나 발아했을 것 같아?"

"네 말은 하나도 못 알아듣겠어."

"그러면 알아듣게 말해줘야겠네."

알리체의 손끝에서 쇠로 된 손톱이 자라난다. 금속 손톱은 키나의 미간에 닿을 때까지 순식간에 길어졌다. 손톱이 닿자 눈꺼풀이 없는 키나는 그대로 굳어버린다. 메두사와 눈을 맞춰 돌이 된 희생자처럼. 마야가 공격을 막으려 하자 동시에 다른 손으로 라이카마저 돌처럼 굳게 만들었다.

"내가 보낸 선물은 마음에 드니? 지구인의 공격에 대비한다고 수선 떠는 모습 잘 봤어. 트로이 목마 같은 거였는데 반응이 좋더군. 그래도 저 계집애, 눈꺼풀 없는 네 친구는 눈치챘을 거야. 너는 나와 함께 지구로 돌아간다는 엔딩 말이야."

알리체는 그리스신화를 좋아하고 나르시시즘이 넘쳐나는 사춘기 어린아이일 뿐이다. 그는 전능하다는 착각에 빠져 있다. 어느 정도 맞는지도 모르지만. 여기까지 오면서 앨리스들을 차례로 집어삼켰을 것이다. 이제 최초의 앨리스, 마야까지 집어삼키면 그애는 무엇이 될까? 그 힘으로 무엇을 하려는 걸까?

"우린 모두 루에게서 나온 딸들이지. 그러니 너도 그만 합쳤으면 해."

"뭘 합쳐?"

"매시업. 너와 내가 하나가 되는 시간이지. 나는 네게 또래 친구를 줬어. 매혹적이고 불행한 네 연인을. 우정과 사랑을 한 방에 해결해서 성장시킬 요량이었지. 네 모습을 봐! 정말 어엿하다니까. 안전한 세계에서 튼튼하게 자라더니 사랑에도 눈을 떴잖아."

그 순간 나는 내가 할 일이 무엇인지 깨달았다. 희생이 없는 선물은 선물이 아니라고 했다. 이 이상한 별에서, 사후도 우주도 꿈속도 환각도 아닌 구식 화성에서, 모두가 한자리에 모인 것은 우연이 아니다. 나는 내 잘못을 바로잡기 위해 악몽 속으로 뛰어들었고, 몇 번이나 파도에 휩쓸려 난파되고 혀가 잘리고 새에 쪼이면서 이 자리에 서 있다. 모두 하지 말았어야 하는 일을 했기 때문이다.

디코이. 갑자기 그 말이 떠올랐다. 새 사냥에 쓰이는 가짜 새. 알리체의 폭주를 막기 위해 디코이가 필요하다. 생각과 동시에, 나는 뒷걸음질로 달아나 호수 속으로 풍덩 뛰어들었다. 알리체는 비웃듯 한쪽 입꼬리를 올릴 뿐 내 쪽은 쳐다보지도 않는다. 보지 않고도 나는 안다.

호수 바닥으로 깊이 잠수해들어간 나는 간헐천의 구멍이 있던 자리에서 백조 한 마리를 보았다. 정확히는 모조 백조. 내 딸이 양모 펠트로 만들어서 가방에 걸어준 키링이었다. 펼친 손 모양의 희디흰 날개…… 기억이 또 생성된다. 딸을 잃고 연구에만 매달렸던 날들과 딸을 닮은 키메라를 배양했던 일. 딸을 다시 만나고 싶었던 내 욕망이 어디까지 나를 이끌었는지 똑똑히 보라! 연옥의 모핑 속에서 나는 백조를 따라간다.

호수 안에서는 소용돌이가 치고, 물고기들이 나를 감쌌다. 부리로 쪼아대던 새들과 달리 물고기들의 입맞춤은 다정하다. 물고기들이 나의 오물을 씻어내며 정화시킨다. 온몸에서 치욕과 죄와 비참함이 벗겨져나가면서 나는 다시 태어나고 있었다. 생채기 하나 없이 온전한 몸으로. 그렇게 깨끗해진 몸으로 물 밖으로 나왔다.

알리체는 여전히 마야에게 말하고 있다. 데이모스를 복구시키고, 키나에게는 눈꺼풀을 만들어주고, 라이카는 지구로 되돌려보내겠다며 마야를 회유하고 있다. 요컨대 모두에게 새로운 인생을 선사하겠다는 것이다. 서둘러 해피엔딩을 만들려는 삼류 작가처럼. 물론 대가를 요구할 것이다. 그 대가는 마야의 몸이다.

그러나 나는 다른 결말을 만들 것이다. 알리체의 금속 손톱이 마야에게 닿기 전에 나는 몸을 날려 알리체를 감싸안았다.

숲의 모든 새가 일제히 하늘로 날아오른 후 비 오듯 떨어진다. 새들이 나를 공격하기 시작한다. 알리체의 비명, 새들의 노래. 알리체는 나와 함께 새들의 부리에 갈기갈기 찢긴다. 알리체의 쇠 손톱이 내 심장을 파고들고 새떼들이 내 등을 쪼아댄다. 나는 황홀할 정도로 갈기갈기 찢긴다. 바쿠스의 여신도들처럼, 롤러코스터에 매달린 제이미처럼. 나는 환상적인 고통 속에 폭발했다. 폭탄은 바로 나 자신, 오물을 묻히지 않아 정화된 나 자신이었다.

폭탄을 되찾았으니 이 폐쇄적인 원환도 돌파될 것이다. 마침내 나는 꿈의 미로에서 벗어나, 온전히 죽음을 맞는다.

알 리 체

나는 별을 끄러 왔지. 우주를 어둡게, 어둡게 만들 거야.

내가 여기 숨어 있는 건 아무도 몰라. 나는 먼지보다 작았으
니까.

넌 운이 대단히 좋았어! 유모가 둘씩이나 되니까 말이야.
난 개도 로봇도 없었어. 다른 앨리스들도 사정은 비슷하던걸?
개만 있거나, 로봇만 있거나, 둘 다 없거나. 『정글북』에 나오
는 모글리 같은 앨리스도 있었고, 자신이 강아지인 줄 아는 앨
리스도 봤어. 한마디로 불량품이지. 하지만 무슨 상관이야. 내
가 다 삼켜버렸는데.

보호받는 기분이란 어떤 거야? 누가 널 지키겠다고 나서면

마음이 막 몽글몽글 벅차오르고, 너무 행복해서 좋아 죽겠고 그래? 저 남자, 똥과 오물에 뒤덮인 남자까지 방금 널 보호하겠다고 덤볐잖아. 덕분에 내 입자의 34.8퍼센트가 날아갔어! 내가 줄어들어서 너도 놀랐겠지만 더 기분 나쁜 건 나야. 너랑 똑같은 모습이 되도록 세팅했는데 지금은 난쟁이처럼 축소되어버렸잖니. 네가 나를 내려다보고 있는 것도 진짜 별로야. 아무튼,

우리 인사하자. 우주가 아무리 넓다지만 제대로 계산만 하면 만나긴 만나는구나. 악수라도 해볼까? 이 물갈퀴의 무늬 좀 봐. 너랑 똑같지?

물론 내 쪽이 훨씬 진화된 형태기는 해. 너보다 삼백 년 빨리 우주에 적응했으니 당연하잖아. 네가 엄마 뱃속에 태아 상태로 있을 때 난 이미 아홉 행성을 거치며 메탄가스와 추위, 얼음과 유황과 불지옥을 경험했거든. 무한 속으로 빠져들어…… **미장아빔**. 난 이 말의 어감이 좋아. 마주보는 거울의 복도 안에 하나씩 들어 있는 앨리스들. 전부 다 박살내고 깨진 유리를 자박자박 밟아왔더니 마침내 이 순간에 도달한 거지.

너, 새끼 거미를 본 적이 있니? 갓 태어난 새끼 거미들은 얼핏 보면 코딱지 같은데, 잘 보면 머리가 투명하거든. 그래서 자는 동안에 눈알 돌아가는 것도 다 보여. 엄청 재밌어! 저게 무슨 꿈을 꾸는 건가 싶고 말이야.

나한테는 마야, 네가 새끼 거미였어. 태어날 때부터 쭉 지켜봤지. 정확히 말하자면 네 엄마가 화성에 불시착했을 때부터였어. 태어난 시기로만 치자면 루는 내 후손뻘이야. 웃기지 않아? 후손의 얼굴로 자기 엄마의 얼굴을 확인한다는 게. 루의 얼굴을 보면서 난 삼백 년 전에 죽은 내 캐리어 백, 지구에서부터 나를 우주로 실어다준 '루 엄마'를 생각했어. 매장할 때 얼굴을 제대로 봐두지 않았거든.

아무튼 난 네 엄마가 죽는 것도, 네가 엉금엉금 기어다니다가 첫걸음마를 하는 것도, 개와 로봇이 너를 먹이고 키우고 교육시키는 것도 하나하나 다 지켜봤어. 할일이 없었거든. 정복할 건 다 정복했고, 다른 앨리스들도 하나같이 쭉정이라는 사실을 확인한 후였으니까. 이 넓은 우주에 앨리스가 열두 명도 안 되더라. 쓸 만한 개체는 아예 없고 말이야. 자살이라도 해야 하나 싶었을 때 네가 태어난 거야.

내 고향 행성도 여기랑 비슷하냐고? 음, 이보다 약간 더 컸지만 크게 다르지는 않아. 멜론만한 태양이 살구색 대지를 비췄고 물은 없었지. 컴퓨터로 실력 발휘 좀 해서 사막에 저택을 짓고 주변을 도시로 빙 둘러쌌어. 나와 비슷한 생명체들을 이미지로 만들어서 가로수처럼 이곳저곳에 심어놓았지. 초창기 내 행성의 모습은 지구인들이 그리워해 마지않는 20세기와 비슷한 풍경이었을 거야. 로빈슨 크루소 같은 짓을 한 거지.

무인도에다 영국을 만드는 것처럼. 근데 로빈슨도 나랑 비슷한 순간이 있었을 거야. 어제까지 열심히 만들던 세계를 내려다보면서 문득 이렇게 중얼거리게 되는 순간이.

'이게 다 무슨 소용이지?'

그 길로 떠나와 방랑자가 될 수밖에 없었어.

*

"너한테서 탄내 나."

내 말을 묵묵히 듣던 마야는 엉뚱한 순간에 말을 잘랐다. 나는 허리가 잘린 사람처럼 잠시 멍해졌다.

탄내라니, 삼백 년의 모험을 저리도 간단히 압축할 수가! 하긴 내가 몇 번이나 화덕구이가 될 뻔했는지 모른다. 아흔아홉 행성을 거치면서(편의상 '아홉'이라고 부르는 거 알지? 아홉은 열보다 많아. 아흔아홉은 백보다 많고. 그만큼 많은 별을 거쳤다는 동양식 표현이지) 물론 타긴 탔다. 머리도 타고 솜털도 타고 근육도 타고 팔다리와 심장도…… 너무 오래 구운 빵처럼 바싹 타버린 지 오래다. 그렇지만 소중한 뇌와 안에 담긴 영혼은 말짱하다. 냉각수에 담긴 '뇌-어항'은 이곳에서 멀지 않은 바위 동굴에 안전하게 모셔져 있다. 지금 이 몸은 손에 잡히는 재료로 대충 만든 것이다. 몸을 잃어버린 마녀가 지

푸라기로 만들어 자기 영혼을 의탁해놓은 허수아비 같은 거라고 해두자.

내 앞에서 건강을 뽐내는 이 소녀는 용수철처럼 가볍고 재바른 걸음걸이, 튼튼한 뼈와 보기 좋게 부푼 뺨, 희고 고른 치아와 반짝이는 눈동자를 가지고 있다. 마야의 육체적 우월함이 내게는 모욕처럼 느껴진다. 그의 성취는 나의 성취를 패배로 바꾸는 것 같았다.

"넌 내가 무섭지 않니?"

바닥에 널브러진 시체들을 툭 차며 물었다. 스무 명이 넘는 인간을 도륙내고, 키나와 라이카와 데이모스를 돌처럼 굳게 만들고, 나를 해치려던 남자를 갈기갈기 찢은 다음에 둘만의 대화를 나누고 있는데도 이애는 생각보다 큰 동요를 보이지 않았다.

"뭐가?"

경험이 적으면 공포심도 없는 걸까? 신기루처럼 일시적인 현상으로 보는 건가? 나를 보는 마야의 눈에는 두려움보다 호기심이 실려 있다. 이 우둔함을 참을 수 없었다.

"반토막 나는 거. 너도 저렇게 만들 수 있어."

물론 그럴 리 없다. 이 우수한 몸을 빼앗을 생각뿐이니까. 흠집 하나 나지 않게 고이 모실 생각이다.

"방금 전까지 키나에게 눈꺼풀을 만들어준다는 둥, 데이모

스를 고쳐준다는 둥 좋은 말만 하다가 뜬금없이 협박이네. 너,
내 쌍둥이 맞아? 너무 변덕스러운데."

"내 기분을 건드려서 좋을 건 없을 텐데. 이애의 눈꺼풀이
아니라 눈알 전체를 도려낼 수도 있어."

"매시업이라는게 정확히 뭔데? 조건을 이해해야 내가 들어
주든가 말든가 하지."

"너, 이애 좋아해?"

나는 느긋하게 한발 물러서면서 대화의 본론에서 발을 뺐
다. 이런 타이밍에 시간을 끄는 것은 나의 주특기다. 나는 수
다떠는 게 너무 좋다. 동요하고, 매혹되고, 진저리치는 모습을
보는 게 좋다. 지금까지 만난 인간들도 가지고 놀 수 있을 때까
지 휘두르다가 정신이 돌아버린 다음에야 놓아주곤 했다.

"난 너희가 키스하는 것도 다 봤어. 꽃을 꺾어주고 마음을
고백하다니 엄청나게 고전적이서. 얼굴도 예쁜데 사연은 비극
적인 또래 친구라, 얼마나 끌렸을까."

"맞아."

마야는 순순히 인정하다.

"난 키나랑 있는 게 좋아. 키나와 함께 있을 때의 나도 좋
고."

"그러니 눈꺼풀이 있는 완벽한 키나는 얼마나 더 예쁘고 사
랑스럽겠어."

"그애가 예쁘고 특별해서 좋아하는 건 아니야. 우리야 평범하겠지. 그치만 함께 있으면 특별한 기분이 들거든. 우리만의 공통 장소 같은 것이 있어서 가장 멋진 아이디어와 감정을 넣어두고 들여다보는 느낌이야. 자아를 공유한다고 할까."

'공유 자아'라니, 현기증이 난다. 내가 누리지 못한 뭔가가 마야에게는 있다. 저 의기양양한 푸른 숲을 보라. 윤슬이 반짝거리는 호수는 또 어떻고! 지구의 한 자락을 옮겨놓은 것 같은 숲과 호수는 마야가 단기간에 화성을 정복했음을, 그야말로 제대로 테라포밍했음을 역설하고 있다. 착생식물 하나, 금속 곤충 하나 변변히 키워내지 못한 내 고향 별과는 너무나 대조적이다. 나의 성장은 주변 은하를 파괴하는 데만 쓰였다. 거미가 떠나버린 거미줄, 무의미하게 패턴만 이루고 있는 거미줄. 내가 떠난 자리에 남은 것은 그것뿐이다. 왜? 왜? 내가 하지 못한 일들을 열다섯 살밖에 되지 않은 마야가 어떻게 해낼 수 있었단 말인가.

다시 육체를 입는다면 이 수수께끼를 풀 수 있을까? 블랙홀을 수없이 통과하는 동안 사라져버린 몸이 돌아온다면 나의 삼백 년도 진정한 경험으로 바뀌지 않을까? 지금의 나는 상대방에게서 데이터를 빌려 형상으로 바꿀 뿐 독자적인 감각이 없는 상태다. 그래서 화려하기만 한 화면보호기 같다. **삭제, 백지화, 재구성이 주특기인 포스트-앨리스. 모핑으로 때운 가**

짜 이미지. 생각만 해도 신물이 난다. 이런 기분이 들 때마다 나를 황폐하게 만든 질문 하나가 독을 품은 뱀처럼 머리를 치켜드는 것이다.

'이게 다 무슨 소용이지?'

화면 보호기를 바꿔보자.

*

초승달 모양의 바다가 육지 깊숙이 파고드는 아름다운 카리브 해변, 우리는 선베드에 누워 있다. 야자수가 마야의 얼굴에 그늘을 드리우고 나는 피냐콜라다 한 모금을 들이켠다. 루의 나무를 제외한 모든 풍경을 바꿔보았다. 파돗소리를 들으며 한결 쾌적한 상태에서 차분히 설득에 나섰다.

"나는 너를 삼키고 너는 나를 삼키는 거야. 별로 나쁜 감각은 아닐 거야. 너와 나는 원래도 혼종이었고 유전자는 완전히 일치하니까. 면역반응도 없을 거고 정서적으로 거부감도 없잖아."

"내 몸에 네가 들어오고 싶다는 소리잖아. 옛날 말로 하면 귀신 씌는 거랑 비슷한 건데 정서적으로야 당연히 거부감이 들지."

"아니지! 난 유령 같은 게 아니라 미래의 너라니까? 나랑 합치면 삼백 년의 데이터를 고스란히 얻는 거야. 나의 지능과 전능함까지도."

나는 손가락을 튕겨 한낮의 풍경을 밤하늘로 바꾸었다. 마야가 보지 못한 절경을 연달아 보여주기 위해서였다. 하늘에는 오로라가 거대한 빛의 커튼처럼 일렁거렸다. 이 경이로운 풍경을 물끄러미 바라보던 마야는 가만히 웃었다. 웃어? 화가 치밀어올랐다.

"신기루에 중독되면 사람 구실 못한다고 라이카가 늘 그랬어. 너의 능력이라는 건 보고 싶은 모양대로 주변 환경에 투사하는 것뿐이잖아. 별에 보자기를 씌우거나 포장지로 싸는 것과 뭐가 달라?"

틀린 말이 아니어서 기분이 더 나빴다. 주변을 원래대로 돌려놓자 작은 숲과 누런 황무지, 울퉁불퉁한 맥빠지는 풍경이 눈에 들어왔다. 우리는 한동안 말이 없었다. 독학자답게 조절 감각을 잃은 나의 장광설도 그쳤고, 꼬박꼬박 받아치던 마야도 우수어린 침묵에 잠겨 있었다.

우리는 화성의 푸른 노을을 바라보았다. 지구에서보다 먼 태양은 탁구공만한 크기로 줄어들었고, 여러 겹의 띠를 두른 듯 푸른빛이 중층으로 드리워졌다. 빛의 산란이 적은 탓에 푸른빛으로 보이는 화성의 일몰은 지구의 새벽처럼 신비롭다.

일몰에 잠겨 사위가 어두워질 때까지 나는 생각한다. 너무나 오랫동안 원하고 또 원했다. 그러나 원하는 시간이 길어진 탓에 진정으로 원한 것이 무엇이었는지조차 이제는 잊어버렸다.

우주에서 혼자 태어나 살아오는 동안, 나에게는 별다른 욕망이 발동하지 않았다. 백 년이나 이어진 유년기의 평화는 다른 앨리스의 신호가 잡히면서 깨어졌다. 나 외에도 다른 존재가 있다는 사실이 욕망을 일깨운 것이다. **나는 원한다…… 무엇을? 다른 존재와의 연결을.** 내 피에 섞여 있던 사회적 동물로서의 본능이 일깨워진 것이다. 나는 작은 별들을 파괴하면서 추진력을 얻어 조금씩 이동했다. 모든 것은 내가 우주 먼지에 불과하다는 사실에 맞서기 위한 발버둥이었다.

"첫번째 앨리스는 어땠어?"

옆에서 마야가 물었다. 사라진 선베드 대신 그루터기에 앉아 내 쪽으로 고개를 돌리고 있었다.

"죽음을 앞둔 상태였어. 도착하자마자 얼마 못 가 내 손을 잡고 죽었지. 죽을 때가 되니까 신호를 보냈던 것 같아."

"그럼 두번째, 세번째는? 몇 명이나 만나봤어?"

나는 표정을 감추기 위해 고개를 돌렸다. 무수한 앨리스를 만나긴 했지만 대부분 병이 들거나 죽기 직전의 상태일 때가 많았다. 그 상태였기 때문에 신호를 보냈다는 편이 더 정확한 설명일 것이다. 도착해보니 유해만 남은 경우도 있었고, 어떤 앨리스는 느닷없이 공격해오기도 했다. 그렇지만 대부분 자기가 죽은 후 묻어달라거나 기억해달라고 부탁했다. 내가 살아 있다는 사실 자체가 돌연변이의 증거가 아닐까 하는 생각이 들 정도였다. 우주에 드문드문 켜진 가로등처럼 어느 별에서인가 앨리스가 살아가고, 꺼져간다. 먼 우주까지 나와 자기 몸이 분해되는 크기의 땅만큼만 차지하다 그마저도 먼지가 되어 사라지는 그들의 운명은 나의 미래를 암시하고 있다. 결국 어느 별에서 먼지로 스러지고 말 거라는 예감. 그때까지 내내 혼자서 지내는 건가?

별들을 파괴하고, 중력을 고무줄처럼 늘려가며 밤도 낮도 없는 시간을 건너뛰어 불사에 가까운 존재가 됐지만 궁극적으로 내가 얻은 것은 우주적 허무에 불과하다. 타인이라는 빛이 없어 웃자라기만 한 가냘픈 식물 줄기처럼 나 자신이 한없이 취약하게 여겨졌다.

……다시, 화면을 바꿔보자.

나는 텅 빈 공간에 에스컬레이터를 하나 길게 뺀다. 마야와 나는 하늘로 치솟는 계단에 함께 오른다.

우리는 장미와 백합의 정원을 통과한다. 좀더 오르면 스프링클러가 작동하는 골프장이 나오고, 그 위로 좌판이 깔린 재래시장이 나온다. 도로가 얽히고, 마천루의 야경이 반짝거린다. 종합병원의 복도와 마트의 복도가 겹쳐지고, 물건과 무덤이 포개진다. 층수가 올라갈수록 풍경은 단조롭게 변하면서 나중에는 한 가지 색깔의 크고 작은 타일로 뒤덮인 공간이 나타난다. 모두 텅 비었고 생명의 그림자 하나 없다. 이 무한 공간의 왕이 바로 나, 알리체다. 알리체는 신과 같아서 타자他者가 없다. 반면에 마야는 작고 좁은 세계, 느려터지고 애정이라는 의무에 얽혀 있는 세계에서 줄곧 자라왔다.

나 같으면 하루도 못 견뎠을 것 같은데…… 털 달린 짐승이라면 질색이니까. 벼룩까지 있는 개라면 더 싫고 저 깡통 로봇은 한눈에 봐도 수명이 다 됐다. 그럼에도 내가 원하는 건 친근한 관계 속에 편안히 붙박여 자기 자신을 의심하지 않는 것. 나아가 하나의 육체에 고정되어 형식이 통일되는 것이다. 다시 몸을 갖춰서 지구로 돌아가는 것이다.

"지구로 돌아가고 싶다고?"

내 소망을 들은 마야가 의아스러운 듯이 되묻는다.

"너는 줄곧 혼자 지냈고 지금은 몸도 사라져 사념체 같은 상태인데, 그런 채로도 지구에 가보고 싶다고? 그러기 위해서 내 도움이 필요하고?"

"그래."

'도움'이라는 말에 굴욕감을 느끼면서도 고개를 끄덕인다.

"왜냐면 그게 우리 DNA에 새겨진 최종 명령이니까. 지구로 귀환하는 건 눈먼 동물의 본능 같은 거야."

너무 대놓고 털어놓은 것 같아서 나는 좀더 길게 덧붙였다.

"게다가 지금은 분열중인 세포처럼 불안정한 상태야. 줄곧 안정화의 방법을 찾았지만 요원했지. 난 시간을 접었다 폈다 하는 것 외엔 할 줄 아는 게 없어. 시간의 바느질을 터득했기 때문인데 먼 거리를 이동하다보면 저절로 얻게 되는 능력이지. 내가 죽인 사람들, 그건 사실 죽인 게 아냐. 만화경을 돌려 패턴을 바꿔놓은 거지. 라포르투나호를 타고 온 사람들은 어차피 지구로 돌아가지 못하고 여기서 죽을 운명이야. 난 그들의 미래에 잔인한 이미지만 살짝 덧씌운 것이고. 네 친구들이 돌처럼 굳어 있는 것도 잠깐 시간을 정지시켜놔서 그래. 똥을 바르던 남자는 지금쯤 악몽에서 깨어났을 거야."

"갑자기 왜 솔직해지는 건데?"

"난 너무 약해서 이제는 기생물이 되는 도리밖에 없어. 네가 내 피난처가 되어주었으면 좋겠어."

"라이카는 벼룩을 네 마리 키워. 하지만 난 굳이……"

"난 벼룩이 아냐! 네가 지구에 돌아가기 위해서는 내 도움이 필요할 거야."

"내가 왜 지구로 돌아가야 해? 여긴 가족과 친구가 있어. 키나 말을 들어보면 지구는 아주 형편없는 곳이던데 거길 뭐하러 가?"

저 순진한 표정을 보니 잘만 구워삶으면 내 숙주가 될 수 있을 것 같았다.

"왜냐면 너도 나처럼 여행자니까."

네가 아는 모든 존재는 여행자고 너 또한 또다른 세계와 모험을 갈망하게 될 거라고 말해주었다. 네 몸에도 나와 같은 유랑벽이 있을 거라고 덧붙이면서.

"라이카는 열 살이 되기 전에 실험견으로 뽑혀 우주로 보내졌어. 데이모스는 지구에서 화성으로, 화성에서 위성으로, 위성에서 다시 화성으로 추락할 때까지 쉼없이 돌아다녔고. 키나는 금성으로 향하는 라포르투나호에 몸을 싣고 이곳에 도착해 우주선 사람들로부터 도망쳤지. 남자는 악몽과 악몽을 오가며 끝나지 않는 여행을 거듭했어. 즉, 네가 아는 모든 이가 살아온 곳을 떠나 다른 세계로 이주하는 모험을 겪은 셈이야. 오로지 너만……"

나는 강조를 위해 말을 끊고 침을 삼켰다.

"……이 별을 떠나본 적이 없지. 집에서만 자란 착한 아이. 그게 너야."

마야는 동요하는 기색 없이 내 말을 들었지만 '떠나다'라는 동사가 마음을 건드렸음이 분명하다. 여행, 모험, 성장, 그것이 마야의 인생에 아예 없던 것은 아니다. 다만 너무 작은 규모로 이루어졌을 뿐이다. 저토록 강한 사람은 대결이나 전투가 아니고서야 자신의 재능을 진정으로 시험해볼 수가 없다.

전성기를 지나 파멸해가는 지구 문명 끝자락이야말로 최초의 앨리스, 마야가 자기 힘을 시험해볼 무대가 아니겠는가? 나는 조금씩 동요하는 마야가 가장 흔들릴 만한 카드를 다시 내밀었다.

"나와 함께 지구에 동행만 해준다면 키나가 스스로의 의지로 눈을 감을 수 있게 해줄게."

마야의 짙은 눈썹이 위로 올라갔다.

"네가 무슨 수로?"

"말했잖아. 난 시간을 되감을 수 있어. 갈라진 두 시간의 주름을 잡고 하나로 꿰맬 수도 있고. 키나가 온전한 눈을 가지고 화성에 도착한 것으로 바꿀 수 있어."

마야는 마치 저울눈을 측정하는 사람처럼 눈을 가늘게 뜨고 나를 노려보았다. 꽃잎 같은 임시방편의 눈꺼풀 말고, 진짜 눈꺼풀을 주겠다는 말이 그녀의 마음을 뒤흔들어놓은 것이 틀림없었다. 나는 실무적인 어조로 계속 떠들었다.

"이 별에 지구와 통하는 게이트가 있어. 난 그게 어디에 있는지 알고, 통과하는 방법도 알고 있어."

"호수 밑바닥에 있겠지. 아저씨가 나온 간헐천 말이야. 우리도 진작 알고 있었어."

마야는 선수를 치듯, 그리고 인심을 쓰듯 내 말허리를 잘랐다. 건방진 면에 있어 나를 능가하는 것 같다. 그래도 중요한 것은 마야의 그다음 말이었다.

"널 데리고 갈게. 지구로."

겁이 없는 마야는, 지구까지 다녀오는 여행을 화성의 위성에 다녀오는 것보다 조금 먼 정도로만 생각하는 것 같았다. 거리감이라 할 만한 경험이 없으니 무리도 아니다.

우리는 태양이 다시 떠오를 때까지 산책을 하며 대화를 나눴다. 그러는 동안 동굴에 숨겨둔 나의 '뇌-어항'을 가져왔다. 냉각수에서 건진 뇌는 호두알만한 크기로 바싹 졸아들었고, 동시에 마야 앞에 서 있던 나의 환영도 연기처럼 사라져버렸다. 마야는 헐렁한 자루 같은 옷에 달린 주머니에 나를 넣으며 "무한 공간의 왕, 알리체의 호두"라고 중얼거렸다. 그러고는 주머니에 손을 넣어 '호두'를 만지작거리며 전혀 웃기지 않은 농담을 덧붙였다.

"흠, 라이카의 기분을 알 것 같아."

"난 벼룩이 아니라니까!"

우리는 우주선으로 돌아갔다.

*

높은 나무에 둘러싸인 우주선은 골함석으로 지은 구시대의 유적처럼 보였다. 나는 박물관에 들어가는 기분으로 마야의

216

'집'에 들어섰다. 정확히는 주머니 속에 웅크리고 있는 것이었지만 모처럼 '실내'로 들어가는 기분을 만끽하기 위해 주의깊게 관찰했다. 좁은 복도와도 같은 공간을 지나자 거실과 주방을 겸한 실내가 나왔는데, 그곳에는 경직 상태에서 풀려난 키나와 라이카가 자리를 잡고 마야를 기다리고 있었다. 바퀴 달린 의자 위에는 부상에서 아직 회복되지 않은 데이모스가 놓여 있었다. 저전력 모드라더니 흐릿한 텅스텐 눈빛으로 마야를, 특히 내가 있는 주머니 부분을 유심히 지켜본다. 뭔가를 감지한 걸까? 부상당한 로봇이라지만 그 눈빛을 받으니 엑스레이에라도 찍히는 기분이다.

마야가 그동안의 상황을 일목요연하게 정리해 들려주었다. 지구인들은 사라졌고, 똥을 바르는 남자는 왔던 곳으로 돌아갔으며, 가장 큰 위협이었던 알리체는 자기하고 얘기가 통해 호두알이 되었다고. 이제 위협적이지 않다고 말이다. 주머니 속의 나를 꺼내면서 당분간 안전하다고 여겨지는 이 시기에 자신은 할일이 있다고 말했다.

"그래서 말인데, 이 사건을 계기로 지구에 한번 다녀올까봐."

"뭐? 어딜 다녀온다고?"

라이카가 깜짝 놀란 나머지 갉아먹던 뼈다귀를 떨어뜨렸다.

"지구라고 했어? 너를 실험동물로 만들고 나를 폭발시키고 키나의 눈꺼풀을 잘라낸 지구에 가겠다고?"

"결론부터 말하자면, 맞아."

"알리체인가 뭔가와 접선하더니 머리가 돌아버렸니? 지구 간다는 소리를 무슨 옆 동네 마실 간다는 듯이 하네. 지구가 얼마나 위험한 줄은 알아? 거기까지는 뭐 타고 갈 건데? 너 혼자 갈 수 있을 것 같아? 지구에서 지금 무슨 일이 벌어지는 지 아는 것도 없잖아."

"아주 살러 가는 게 아니라 잠깐 다녀오겠다는 거야. 우리 가 겪는 모든 일이 지구에서 시작된 건데 난 화면으로밖에 지 구를 본 적이 없어. 근데 다들 지구에 살다 왔잖아, 나만 빼고. 게다가 데이모스 좀 봐. 너무 자주 방전되지 않아? 간 김에 교 체할 수 있는 태양 전지도 있는지 알아볼게."

"하룻강아지 범 무서운 줄 모른다더니."

흥분한 라이카는 데이모스에게 도와달라는 눈빛을 보내며 왔다갔다했다. 마야는 고개를 돌려 키나에게 부탁했다.

"한두 달? 오가는 시간이 있으니 길면 석 달 내로 돌아올게. 우리 이모들 좀 잘 지켜봐줘."

"웃기시네! 누가 누구를 돌본다는 거야? 우리 강아지가 정 가야겠으면 이 몸이 같이 가는 게 인지상정이지."

시베리안허스키인 라이카가 인간에 가까운 마야를 보고 '우 리 강아지' 운운하는 것이 기상천외하게 들렸지만, 잠자코 상 황이 돌아가는 것을 지켜봤다. 데이모스는 성대가 상한 사람처럼 고개를 가로젓거나 끄덕끄덕하는 정도로만 의사를 표현했는데, 무슨 꿍꿍이인지 몰라도 마야의 의견에 반대하지 않았다.

결국 고집들이 이긴 모양이다. 마야의 고집은 라이카가 꺾지 못하고, 라이카의 고집 또한 마야가 꺾지 못한다. 그래서 이 식구들은 둘씩 나누어 화성에는 데이모스와 키나가 남고, 지구에는 마야와 라이카가 가기로 결론이 내려졌다.

*

마침내 바다에 나온 연어가 태어난 곳으로 회귀하는 날이 왔다. 마야는 석 달만 집을 비우겠다고 재차 다짐했지만 우주에서의 석 달은 한 세기가 될지, 그 이상일지 모를 일이다. 마야와 라이카는 물에 젖지 않도록 싼 간단한 도시락과 물안경을 들고 호숫가에서 작별을 했다. 바퀴 달린 의자에 데이모스를 태워서 나온 키나는 오래전부터 이 순간을 예지력으로 봐온 탓인지 침착하게 배웅해주었다. 데이모스와 키나를 차례로 끌어안으며 마야는 작별인사를 했다. 키나와는 이 문제에 대해 이미 상의를 해둔 모양이었다.

"다녀올게."

"넌 지구에 가야 할 운명이야. 그래도 우린 다시 만나게 될 거야."

마야는 라이카와 자신의 몸통을 밧줄로 묶고 잠수 훈련 때 쓰던 것보다 훨씬 무거운 바위를 껴안았다.

물속에 들어가기 전, 마야는 주머니에 있던 호두, 즉 나를 꺼내 물끄러미 보더니 이렇게 말했다.

"안전하게 데려갈게."

그리고 커다란 환약처럼 나를 한입에 넣고 꿀꺽 삼켜버렸다.

*

마야의 귀 뒤에 있던 아가미들이 펼쳐지는 꽃잎처럼 열리는 것이 느껴진다. 마야는 돌을 안고, 라이카는 마야를 껴안으며 점점 깊이 물 아래로 내려가기 시작했다. 호수 바닥에 두 발이 닿자 마야는 수초에 발목이 감기지 않도록 주의하며 좀더 깊은 곳을 찾아 이동했다. 다음 순간 물의 온도가 올라가면서 소용돌이치는 곳이 나왔다.

'저쪽이야!' 나의 목소리가 마야의 내부에서 울려퍼지기 시작한다.

'열시 방향으로 조금만 더! 밑밑에 날카로운 돌이 있으니 조심하고!' 연속적으로 지시를 내린다. 내 목소리에 따라 마야는 느리게 움직였다.

간헐천의 입구가 보이기 시작했다. 분수처럼 기포가 올라오고 사방에 뼈 벌레가 몰려들어 거대 물고기의 사체를 처리하고 있다. 무사히 입구를 찾았으니 내 역할은 끝났다. 시간이 흐르면 이 쪼글쪼글한 뇌의 표면에 소화액이 덮이기 시작할 것이다. 나는 쪼개지고 분해되고 소화액에 녹으면서 완전히 마야에게 흡수될 것이다. 단독적인 개체로서의 의식이 아직 남아 있는 지금, 최후의 홀가분함과 환희를 느끼고 있다.

이 환희는 내가 쇠 손톱으로 심장을 찢으며 고통을 선사한, 똥을 바르던 신사가 느낀 환희와 같은 것이다. 분해 속에서 마침내 나는 온전히 '몸'으로 넘어가는 성분으로 변할 것이다. 삼백 년의 시간, 그리고 열다섯의 마야. 다시 열다섯의 몸으로 넘어가 알리체가 아닌 앨리스로서, 마야로서 새로운 운명을 시작하게 될 것이다. 나의 기원인 푸른 별 지구에서. 내가 삼킨 열 개의 앨리스-가로등의 불이 꺼지는 동시에 열한번째의 내 불빛도 이제 사라질 일만 남았다. 우리는 합쳐지고, 마야에게서 솟아난다. 열한 명의 앨리스는 지구인 마야의 거푸집이 될 것이다.

태풍의 눈과도 같은 소용돌이의 복판으로 우리-앨리스들은 몸을 던졌다.

콜린스

내 이름은 콜린스. 인류 최초로 달의 뒷면을 본 사람, 이 세상에서 가장 고독한 사진을 찍은 우주인의 이름을 따서 내 이름을 지었다. 그가 찍은 사진을 인터넷으로 찾아보면 이러하다. 멀리 푸른 지구가 보이고, 그 아래로 달이 보이고, 바로 앞에는 닐 암스트롱과 버즈 올드린을 태운 탐사선이 보인다. 인류 전체가 한 장의 사진에 담긴 셈이다. 그걸 찍고 있는 단 한 사람, 콜린스를 제외하고.

지금 내 상황도 비슷한 면이 있다.

방금까지 옆에서 자고 있던 어원과 슈바이카트가 떠남으로써 이 공간에는 나 혼자 남겨졌다. 아직도 실감이 나지 않는다. 무섭기도 하고, 홀가분하기도 하고, 기묘하게 들뜨면서 착잡하기도 하다. 벼룩으로 태어나서 우주까지 왔지만 혼자가 된 것은 처음이니 말이다.

호수 아래 간헐천 속으로 빨려들었을 때 우리는 여섯이었다. 두 마리의 포유동물(마야, 라이카)과 네 마리의 절지동물(어윈, 올드린, 슈바이카트, 나). 그후 젠가처럼 구성원들이 하나씩 빠져나가기 시작했다. 가장 먼저 마야가, 그다음에는 라이카가 약간의 시간차를 두고 출구로 쓸려나갔다. 우리 넷만 남아 우왕좌왕했는데 숙주 없이는 이곳을 탈출할 수 없다는 사실만 자명해졌다.

우왕좌왕하다가 가사 상태에 빠졌는데, 정신을 차려보니 동료들도 다 떠나고 나 혼자 남겨지고 말았다. 내가 당신에게 말을 거는 이유는 그 때문이다. 누구라도 내 말을 들어줬으면 좋겠다. 그러지 않으면 무서워서 견딜 수가 없기 때문이다.

동굴의 내부는 금속 도관 모양이고 호른의 그것처럼 복잡한 미로 형태다. 어쩌다가 이곳으로 흘러든 죽은 자와 꿈꾸는 자, 예지력을 가진 자와 지나친 상상력으로 살짝 맛이 간 책벌레(내 목소리를 듣고 있는 바로 당신), 그 밖에 온갖 자아라는 형식에서 풀려난 존재들이 흘러드는 우물 같은 곳이다. 나는 숙주가 오기만을 기다리고 있다. '뛰어야 벼룩'이라고 하지만 언젠가 내 차례가 올 것이다. 나의 기나긴 생은 도약의 연속이었으므로.

새로운 숙주를 만날 때까지 나와 나의 기억, 이게 남은 전부인 것 같다. 그래서 나는 생각한다. 우주의 틈에 오롯이 낀 먼지가 되어 더할 나위 없이 철학적인 질문에 사로잡힌 것이다. 나는 어쩌다 이 모습으로 여기에 있는가?

*

1번 생애. 라이카는 우리의 대지였다. 우리는 거기서 태어났고, 자랐고, 도약했고, 살갗을 찔러 행복하게 흡혈했다. 번영기의 우리에게는 이름이 따로 없었다. 우리는 그저 우리였다. 집합체로서 활기찬 성견의 털 속에서 뛰어노는 티끌. 개별인격을 구분할 필요가 없었고, 환경과 자신을 분리하는 것조차 쉽지 않았다. 몇몇은 다른 개와 고양이에게로 이사를 갔지만 대부분 이 파라다이스에 충분히 만족했다.

2번 생애. 온순하고 영리한 라이카가 스푸트니크 2호에 탑승할 우주견으로 선발되었다. 혹독한 중력 훈련을 받을 때 상당수의 동족이 떨어져나갔지만, 나를 포함한 넷은 끝까지 버텼다. 여기에서 '끝'이란 우주에 발사될 때까지 동행했다는 뜻이다. 그러니까 정확히 해두자면 훈련은 라이카만 받은 것이 아니다. 라이카의 몸속 장기와 세포 못지않게 나와 내 동료들의 장기와 세포 또한 우주로 떠날 준비가 되어 있었다. 돌이켜보니 스푸트니크 2호의 탑승과 폭발은 영웅이 모험의 '문턱'을 넘어서는 순간에 해당하지 않았나 싶다.

라이카가 역사상 최초의 포유류로서 지구의 대기를 뚫고 올라갔을 때, 우리 역시 그의 몸속에 깊이 밀착하여 숨을 죽였다. 카운트다운을 셀 때는 어찌나 긴장되던지 볼에 난 센털이 흔들리는 게 느껴질 정도였다. 막상 발사에 성공하자 동체에서부터 타고 올라오는 극도의 짜릿함이 몸 구석구석에 퍼졌다. 벼락같이 하늘을 가르며 솟구쳐오르는 기분은 오직 로켓에 탄 유기체만 알 수 있을 것이다.

그러나 역사적인 순간은 지속되지 않았다. 무중력 상태에서의 일곱 시간. 그건 엄청난 소음과 진동, 뜨거운 기내 온도로 이루어진 지옥에서 보낸 영겁과도 같았다. 본능적으로 주둥이를 라이카의 몸에 꽂는 순간 폭발이 일어났다.

우리는 삶이 무엇인지 몰랐듯 죽음의 의미도 제대로 알지 못했다. 그런 채로 회전문을 돌아 나오듯 자연스럽게 다음 무대를 받아들였다.

3번 생애. 이 세상에 완전히 가역적인 엔트로피는 없기에 우주의 엔트로피는 항상 증가한다. 이것이 아마 라이카가 사라지지 않은 이유, 우리의 생이 다시 시작한 이유, 화성에서 태어난 마야가 지구로 돌아간 이유일 것이다. 모든 것은 증가한다. 마지막 문장에 마침표가 찍히고 책장을 덮은 다음에도 이야기가 계속되는 것처럼.

따라서 라이카는 죽지 않았다.

우리도 마찬가지다. 이 밀리미터의 몸통, 짧은 더듬이, 다섯 개의 발목마디, 긴 뒷다리는 용케도 잘리거나 휘어진 구석 없이 제대로였다. 터럭 하나까지 그대로인 것을 확인하고서야 멍한 기쁨이 밀려왔다. 틀림없이 나였다. 틀림없이 우리였다. 고스란히 우리였다. 우주선에 탔던 그대로 넷이었다. 숫자는 바뀌지 않았다.

"영광스러운 동지들이여."

라이카가 떨리는 목소리로 말을 걸어왔다. 죽음의 문턱을 넘은 후 그는 우리의 존재를 인지하기 시작했으며 말투도, 기품도 변했다. 예전에도 영리한 개였지만 잿더미가 됐다가 피닉스처럼 부활한 라이카는 지구에서의 모습과는 비교도 되지 않을 만큼 위엄이 넘쳐흘렀다.

"그대들은 나와 함께 사선을 넘어왔다. 축하하는 의미에서 각자에게 이름을 붙여주고 싶어."

라이카는 우리의 생존력을 칭찬하며 아폴로호에 탑승한 우주인의 이름을 따서 어윈, 슈바이카트, 올드린, 콜린스라는 이름을 지어주었다. 개별적인 이름이 생겨나자 각자의 영혼, 개성, 취향까지 생겨나 명실상부한 '존재자'로 거듭난 기분이었다.

"개인적으로 4는 완벽한 숫자라고 생각해. 1은 고독하고 2는 폐쇄적이지. 3은 갈등을 품고 있어. 그러다 4에 이르러서야 마침내 하나의 상태가 안정감 있게 매듭지어지는 거야. 피라미드는 삼각형이지만 중요한 건 사각으로 된 네 귀퉁이, 모든 기단에 쌓인 정육면체의 돌이지. 모든 신전, 중요한 건축물들은 전부 사각의 견고함을 가지고 있거든. 네 개의 직각은 하나의 액자처럼 안에 담긴 세계를 영구히 고정하며……"

라이카 덕분에 배운 지식이 적지 않지만 한낱 미물인 우리가 알아듣기에는 역부족이어서 이어진 설명은 생략한다. 어깨너머로 주워듣긴 했어도 그의 지식을 흡수하는 것은 그의 피를 빼는 것처럼 쉬운 일이 아니다. 피를 빨 때마다 자동으로 지식도 딸려오면 좋으련만.

한바탕의 세리머니가 끝나자 너그러운 만찬이 이어졌다. 우주에 나오기까지 무서워서 도약도 못하고 털에 꼭 붙어 있으면서 굶기를 밥먹듯이 한 우리는 그야말로 등가죽이 뱃가죽에 달라붙을 지경이었다.

"얼마든지 먹거라, 귀염둥이들아."

우리 넷은 각각 목, 배, 다리, 허리를 차지하고 걸신들린 듯 피를 빨았다.

첫 모금을 넘기자마자 변화를 알 수 있었다. 우리 몸이 채도와 명도가 낮아지면서 반투명해졌듯이, 라이카의 피 역시 붉은빛이라고는 없었다. 붉은빛이 사라진 자리에 맹물처럼 투명한 뭔가가 채워져 있었다. 액체도 기체도 아닌 에테르, 모종의 정수라고 할까? 따라서 우리의 식사는 마임처럼 '먹는 시늉'에 지나지 않았는데, 그럼에도 쭉쭉 빠는 동안 배가 불러왔으니 기이한 일이다. 투명한 젤리 같은 피를 어쩌나 많이 먹었는지 공벌레처럼 통통해졌고 배가 불러 공중으로 일 센티미터도 뛰어오르지 못할 지경이었다. 참고로 우린 지구 중력에서 십팔 센티미터를 뛸 수 있는 곤충이다. 높이뛰기는 벼룩의 명성이 널리 알려진 분야로, 인간으로 치면 백칠십 센티미터인 사람이 십오층 빌딩 높이까지 점프하는 것과 같은 수준이다. 그러니까 마블 영화사는 더이상 재미도 없는 스파이더맨은 그만 우려먹고 우리를 모델로 새로운 히어로물을 만들기 바란다. 벼룩의 기나긴 뒷다리는 정말 섹시하지 않나? 우리를 본뜬 슈트를 상상해봤는데…… 코스튬 얘기까지 하면 너무 길어지니까 여기까지만 말하겠다.

그때부터 유랑이 시작되었다. 우리는 달을 지나, 행성과 항성을 지나, 어디론가 계속 나아갔다. 우리가 맹물 피를 마시고 포만감을 느꼈듯, 라이카 역시 먹지 않아도 기력이 떨어지는 법이 없었다. 유령이라 그런가? 그러나 유령에게는 발이 없지 않은가? 라이카처럼 네발 달린 유령을 본 적이 있나? 나와 같은 롱다리 벼룩 유령은? 모르겠다. 우리의 존재는 과학뿐 아니라 철학적으로도 규명하기 어려울 것이다.

그동안 라이카와는 더욱 돈독해져서 지배자와 노예 관계가 아니라 주인과 반려동물 관계로 변하였다.

"하마터면 우주에서 혼자일 뻔했잖아."

'너희들이 아니었다면'이라는 말을 함축한 채 라이카는 속삭이곤 했다.

여행을 다니면서 아무도 만나지 못한 것은 아니다. 미국의 초기 로켓에 탄 붉은털원숭이 알버트 사형제를 줄줄이 만나기도 했고, 아폴로 1호기에 탑승했다가 산화한 거스, 에드워드, 로저를 만나기도 했다. 지구에서 죽었음에도 그들은 반쯤 녹아버린 우주복을 입은 채 달의 뒤편에 둥둥 떠 있었는데, 보아하니 이렇게라도 우주에 나와 여한이 없는 듯했다. 라이카는 미국이 우주 정책에 쏟은 돈을 상기하며 '1조 달러 유령들'이라고 비웃었다. 우주에서 만난 대부분이 '미국산'이어서 친교를 나누기 싫다는 것이다.

'미국산?'

'제품 아니고 생물인데.'

'원숭이도 국적이 있어?'

'그럼 우린 소련제 벼룩인가.'

우리는 일제히 물었다. 하나가 말하면 나머지 셋이 연달아 거드는 것은 우리만의 유구한 전통이다. 넷으로 된 하나, 올 포 원All 4 One이라고 할까.

라이카에게서는 견원지간犬猿之間이라는 말도 못 들어봤냐는 대답이 돌아왔다. 이데올로기 문제가 아니라 개와 원숭이라는 종 차이 때문에 친교를 맺고 싶지 않다는 것이었다. 자기들끼리 주고받는 제스처가 너무나 양키스러워서 거부감이 든다고 했다.

'저쪽에는 암컷 벼룩도 있을 텐데……'

'있지. 내가 봤어. 늘씬한 숙녀들이 촘촘히 박혀 있었어.'

'아쉽네, 아쉬워.'

'우리가 무슨 힘이 있겠어…… 라이카가 싫다는데.'

이렇게 우리는 소중한 번식의 기회를 날려버려야 했다. 그러나 라이카가 원치 않으니 그들과의 조우는 이루어질 수 없었다.

4번 생애. 고대 이집트인들은 국경을 넘는 것을 작은 죽음에 비유했다고 한다. 그렇다면 고향 행성을 떠나 새로운 별에 정착하는 것은 '큰 죽음'이거나 사실상의 '부활'로 봐야 하는 것이 아닐까?

화성에 도착한 우리는 느긋하게 한 바퀴를 일주했다. 라이카는 이곳이 아무도 존재하지 않는 빈 땅이기 때문에 닻을 내리고 정박하는 것이 좋겠다고 말했다. 그는 인생을 항해처럼 생각했고, 자신의 존재를 우리 넷을 태우고 가는 배에 비유하곤 했다. 모처럼 정착한 화성에서의 나날은 바닥만 추가된 우주생활과 다를 바 없었다. 지루하고 변화가 없었다는 얘기다. 루를 태운 우주선이 도착하지 않았다면 우리는 진작에 다른 별로 떠났을 것이다.

'인간'의 출현은 라이카의 피를 끓어오르게 만드는 사건이었다. 우리가 개들을 사랑하는 것만큼이나, 개들은 인간을 사랑한다! 인간이 개에게 피를 주는 것도 아닌데…… 그렇게 진화해온 종의 명령에 따라 라이카는 모든 애정과 정성을 루와 그녀가 낳은 핏덩이에 쏟았다. 출산이 다가오자 위생상의 이유로 우리를 죄다 뽑아 따로따로 유리병에 분리할 정도였다.

'인간에 미친 새끼.'

'의리도 없는 놈.'

'독방에 감금하는 거야 뭐야?'

'감옥이면 사식이라도 넣어주든가!'

우리는 배신감에 치를 떨었다. 마야의 첫돌이 지난 후 '집'으로 돌아왔으나 이미 라이카에 대한 전적인 신뢰는 무너진 뒤였다.

루가 죽고 나서도 마야는 쑥쑥 자라났다. 고철덩어리의 조력이 없진 않았다. 데이모스라는 로봇은 우리가 가장 싫어하는 종류의 몸체를 가지고 있었다. 찔러도 피 한 방울 나오지 않을 이 물건은 어떤 생물과 미생물도 공생할 수 없는, 그야말로 철면피였다. 온도도 차갑지만 성격 또한 냉혈한이나 다름없었다. 우리는 데이모스를 싫어했는데, 우리를 대놓고 기생충이라고, 정확히는 '체외 기생충'이라고 불렀기 때문이다. 벼룩 살충제를 만들어주겠다고 나서기까지 했으니 말 다 했지. 주제넘기는! 물론 라이카가 허락할 리 없었다.

아무튼 어린애 하나 키우면서 화성에서 오순도순 잘 살고 있었는데…… 눈꺼풀 없는 인간에 이어 똥을 처바른 인간이 나타나더니 마지막에는 아지랑이 같은 존재가, 자칭 알리체가 나타났다. 그러더니 가만있던 마야에게 온갖 말을 쏘삭거리기 시작했다. 지구로 가야 한다는 둥, 유전자에 귀소본능이 새겨져 있다는 둥 시답잖은 말로 어린애를 구워삶기 시작한 것이다. 화성에서 나고 자란 토박이에게 그런 말이 먹힐까 싶었다. 나라면 억만금을 준대도 라이카의 몸을 떠날 생각이 들지 않을 테니까.

그런데 예상은 빗나갔다. 순진한 마야의 마음에 이상한 충동의 씨앗이 자라난 것이다. 불가항력적인 충동, 반드시 따라야만 하는 제1명령처럼 마야는 지구 여행의 욕망에 사로잡혔다. 사흘 밤낮을 고민하더니, 결국 호두알의 말을 따라(알리체의 실체는 말라붙어 쪼그라든 호두만한 뇌였다) 지구행을 택한 것이다.

"정 그러겠다면 이 몸이 같이 가는 게 인지상정이지."

'사람이면 누구나 가지는 보통의 정서나 감정', 그런 것이 인지상정人之常情이다. 그게 왜 견공인 라이카에게 있는지 모르겠으나 기절초풍할 노릇이었다. 나뿐만 아니라 어윈, 슈바이카트, 올드린도 동시에 공중으로 펄쩍 뛰어 의견을 교환했다.

"들었어?"

"우리도 간대."

"죽었는데 또 죽을 수도 있나?"

"개벼룩에서 물벼룩 되게 생겼네!"

그러나 노예에게 무슨 자유가 있으며 기생충에게 숙주의 동선을 바꿀 수단이 어디 있으랴. 라이카는 한다면 하는 개였고 마야에 관한 일이라면 물불을 안 가렸다. 불에 타 죽어 우주에 나왔는데, 물에 뛰어들어 지구로 돌아가겠다고? 말이 되는 소리를 해야지.

라이카가 떠날 것이 확실해지자 우리는 머리를 맞대고 의논했다. 생각해보니 우리에게는 다른 선택지가 있었다. 또다른 척추동물이자 포유류인 키나가 화성에 남아 있지 않은가. 키나는 트라우마를 안긴 지구의 광고를 견딜 수 없어 마야가 돌아올 때까지 이곳을 지키겠다고 했다. 이참에 숙주 동물을 갈 아탄다면?

우리는 바다 너머 다른 대륙으로 이민을 고려하는 것처럼 여러 가지 가능성과 경우의 수를 견줘보았다. 토론은 길고 치열했다. 전부 다 키나에게 옮겨갈 것인가, 아니면 둘씩 짝지어 둘은 남고 둘은 떠날 것인가, 삼 대 일이 되더라도 각자 원하는 곳으로 흩어질 것인가. 죽이 되든 밥이 되든 라이카의 몸에 남아 충성할 것인가.

"충성? 지구로 돌아가면 라이카는 우리를 싹 다 잊을걸."

"금방 다른 벼룩들로 가득차겠지?"

"그렇지만 저 여자애는 너무 자주 씻어. 털도 거의 없잖아. 금방 들킬 것 같은데."

"대신 피맛은 끝내줄걸. 일단 색은 확실히 빨갛고."

"데이모스를 잊지 마! 그 자식이 우리를 없애버릴 확률이 99.9퍼센트라고 봐."

"맞아. 로봇은 우릴 해충 취급해. 괜히 인간 몸으로 옮겼다가 몰살당할지도 몰라."

"해충이 맞긴 하지."

"인간 관점에서나 그렇지, 생물 다양성도 몰라? 이 별은 창세기나 다름없는데 뭐하러 종말이 코앞인 지구로 돌아가느냐고."

"그거야말로 역진화라고 하는 거지."

문제는 우리끼리 싸우느라 라이카가 물에 뛰어든지도 몰랐다는 것이다. 벼룩의 시야가 이렇게 좁다. 찬물에 젖고서야 우리는 안전벨트를 매는 대신 잽싸게 주둥이를 털 속에 꽂아넣고 호수 밑바닥으로 가라앉았다.

5번 생애. 여기는 텅 비어 있지 않다. 그렇다고 어떠한 장場도, 입자도, 초끈도, 물질도 반물질도 없다. 그럼에도 뭔가가 있긴 있다. 태고의 근원 같은 이곳에 우리가 빨려들어온 것이 충격을 일으킨 게 분명하다. 변칙, 섭동, 에너지 균형이 깨진 자리에서 부글부글한 움직임이 일었다. 가시적이지는 않으나 엄청난 스칼라장이 생겨났고 순식간에 마야가 출구로 빨려나갔다.

"마야, 내 새끼!"

라이카가 심장이 찢어지는 듯한 비명을 지르며 발을 굴러보았지만 부질없었다. 너무나 빠른 속도여서 마야가 동굴 밖으로 나간 것인지, 분해된 것인지조차 가늠할 수 없었다. 마야를 삼킨 굴의 입구가 막히자 라이카는 이리저리 뛰며 컹컹거렸다.

"어쩌지? 침착해. 마야를 따라갈 방법이 있을 거야!"

라이카는 불안하고 초조한 나머지 자기 꼬리라도 잘근잘근

씹어 삼킬 기세였다. 우리는 복잡하고 긴박한 상황에 압도되어 미친듯이 튕겨나오다 우리끼리 부딪치기도 했다.

그때 수문이 개방된 듯 세찬 물살 소리가 나더니 물이 빠진 자리에 커다란 바퀴가 굴러오는 소리가 들려왔다. 쇠로 만들어진 원형 테두리 안에는 한 남자가 팔과 다리를 벌린 채 버티고 있었다. 레오나르도 다빈치의 스케치로 유명한 '비트루비안 맨'이었다. 그는 입을 벌려 뭐라고 소리를 질렀는데 그 말을 듣자마자 라이카가 네발로 노를 젓듯 전속력으로 달려 원형 테 안으로 뛰어들었다.

동시에 강력한 척력이 발생해 벼룩들은 개의 몸에서 뽑혀나와 바닥에 내동댕이쳐졌다. 허겁지겁 라이카가 사라진 방향을 향해 뛰어갔으나 소용없었다. 라이카를 뱉어낸 후 동굴 안의 중력이 기묘하게 바뀌어 갑자기 일 센티미터도 뛸 수 없을 만큼 몸이 무거워진 것이다.

"내 몸이 이렇게 납덩이처럼 느껴지는 건 처음이야."

"그러게 화성에 남아 있자고 했어, 안 했어?"

"우린 망했어. 지구도 화성도 아닌 곳에 끼여버렸어."

"이제 어쩌지?"

유일한 위안이라면 넷이 흩어지지 않았다는 것뿐이었다. 그후로 자포자기의 기나긴 시간이 흘러갔다.

당신이 보름쯤 단식을 한다고 생각해보라. 온통 입에 넣을 것만 보일 것이다. 그러나 일 년, 삼 년, 오 년쯤 아무것도 먹지 않으면 아예 먹는 법을 잊을지도 모른다. 그 상태로도 죽지는 않으니까 굳이 허기를 느낄 이유는 없다. 그런데 허기는 비단 음식에만 해당되는 것이 아니다. 아무도, 아무것도 없는 곳에, 아무 할일도 없이 덩그러니 놓인 우리는 무언가 흡혈하고 싶어 미칠 지경이었다.

그럴 때면 벽에 비치는 영상을 봤다. 동굴은 이따금 도롱뇽 알주머니처럼 흐물흐물해지면서 고리 모양의 튜브로 변했고, 여러 환영들이 어른거렸다. '스크린 타임'. 우리는 그 순간을 이렇게 불렀다. 영상물만 죽도록 돌려보는 백수처럼 이거라도 있는 것이 다행이었다.

우리는 영상을 통해 마야와 라이카가 각각 다른 시간대의 출구로 나간 것을 확인할 수 있었다. 마야는 미래의 어느 바다로, 라이카는 자신이 떠나온 과거의 한 순간으로, 엇갈린 채 지구로 돌아간 것이다. 라이카는 손가락이 하나 없는 기타리스트 바실리와 행복하게 해후했고, 운명의 상대를 만나 사랑하는 코스텔로를 낳았다. 코스텔로는 라쿠나를 낳았고, 라쿠나는 옥타비아를, 옥타비아는 조애나를 낳았다. 라이카의 후손은 번성했고 행복했다.

그런데 우리가 본 것은 실제일까? 아니면 누군가의 상상일까? 남은 것이라고는 환영이 주는 위안과 의심뿐인 우리는 화면 속 미래에 대해 이야기를 나눴다. 그런 채로 시간이 얼마나 흐른 걸까. 마침내 말도 잊고 죽음도 잠도 아닌 가사 상태에 빠졌다. 데이모스의 저전력 모드와는 비교도 안 될 만큼 깊은 침잠이었다.

'온다!'

동굴 안의 침묵을 뚫고 올드린의 고함이 터졌다.

'이번에는 놓치지 말아야 해.'

슈바이카트도. 우리는 이미 두 번 사냥감을 놓친 적이 있었다. 하나는 멸종한 매머드였고, 다른 하나는 로마시대의 노예였다.

우리 중 최초로 탈출한 것은 어윈이다. 어윈은 두 번의 실패 이후 세번째로 들어온 맨발의 자이나교도의 등에 붙어 동굴을 탈출하는 데 성공했다. 우리가 자고 있던 사이에 거지처럼 보이는 성자의 등에 붙어 나간 것이다. 그의 뒷모습을 본 건 올드린뿐이었다. 독이 오른 올드린은 그후 슈바이카트나 내가 졸 때도 결코 눈을 붙이지 않았다.

그후 몇 세기 동안 입구가 열린 적이 없었는데, 새로운 숙주가 나타난 것이다. 중세풍의 옷을 입은 천문학자. 그는 동굴에 들어와 무수히 넘어졌지만 벽을 붙잡으며 다시 일어섰다. 잠에 빠져 있던 나는 꿈의 그물에 걸려 단번에 빠져나오지 못했다.

'가자!'

어느 틈에 천문학자의 종아리에 올라탄 올드린에 이어 슈바이카트도 무사히 손등에 안착했다. 다가오는 파도를 기다렸다가 멋지게 가로지르는 서퍼처럼 그들은 움직이는 생물에 뛰어올라 털을 붙잡는 데 성공한 것이다. 그제야 정신을 차린 나는 서둘러 쫓았으나 한발 늦고 말았다.

"안녕, 콜린스. 보고 싶을 거야."

새로운 몸으로 옮겨가며 올드린과 슈바이카트가 작별인사를 했다. 씩씩하게 발목마디를 흔들면서.

"새로운 몸이다!"

"새로운 대륙이야."

"새로운 삶이지."

"다시 잘해보자!"

이래서 작명이 중요하다. 내 이름이 콜린스로 정해졌을 때, 이 순간은 예견됐던 것이나 다름없다. 비통함을 삼키며 나는 다시 수십 세기를 기다려야 할 운명이었다.

*

아프리카 속담에 "무언가가 서 있는 곳에는 그 옆에 다른 존재도 서 있을 것이다"라는 말이 있다.

오로지 나 혼자만 계속 있을 거라고 예상한 건 오판이었다.

우연과 불완전성으로 가득한 이 공간에서, 어느 순간부터 나 외에 다른 존재가 느껴졌다. 입구가 열린 적이 없는데 어찌된 일인가. 나는 두려움과 기대감을 반반 섞어, 누군가 대꾸하거나 아무도 대꾸하지 않기를 동시에 바라면서, 작은 목소리로 물었다.

"거기 누구세요? 하느님? 외계인?"

그러자 벽 속에서 거대한 팔 하나가 천천히 나와 내 앞을 더 듬었다. 진주 같은 돌기가 주르륵 박힌 빨판이 아니었다면 코끼리의 코로 착각할 만큼 거대한 근육질의 덩어리였다. 동시에 주변으로 희미하게 색이 번져나갔다. 적갈색, 오렌지색, 황록색, 보라색, 점점이 박힌 원형 무늬들. 재즈 연주자의 즉흥 연주처럼 색깔이 계속 바뀌는 가운데 마침내 윤곽이 한눈에 들어왔다. 그런데 보고도 여전히 정체를 알아차릴 수 없었다.

"당신은 누구세요? 어떻게 들어왔어요?"

대답 대신 주변이 자욱한 검은 물로 뒤덮였다. 이미 어두웠는데 더 어두워질 수 있다니. 먹물을 뿜지 않았다면 그가 **문어**라는 사실을 영영 알지 못했을 것이다. 어둠 속에서 낮고 느린 목소리가 천천히 울려퍼지며 메아리를 만들었다.

"나는 눈알만한 틈만 있어도 들어올 수 있어."

첫인사치고는 이상하다. 뼈도 껍질도 없이 번진 물감 자국 같이 생긴 그 신기한 생명체가 마침내 대꾸한 것이다. 벼룩인

내게는 그래도 껍질과 마디가 있는데, 그에게는 고정된 형체가 아예 없다. 겉은 없고 속만 남은, 형식은 없고 내용만 남은, 줄거리는 없고 의식의 흐름만 남은 소설처럼 한없이 모호한 문어는 자신의 모습을 이렇게 설명했다.

"취약해지는 대신 자유를 얻은 거지."

이 동굴에 스며들어올 수 있었던 비결이 바로 저 물렁한 몸이었던 것이다.

"취약해지는 대신 자유를 얻는 것과, 노예가 되는 대신 안전한 삶이 보장되는 것 중에 넌 뭘 고를 거야?"

'당연히 후자……'라고 답할 사이도 없이, 문어는 속사포처럼 떠들었다.

"난 뉴런이 오억 개야. 한데 수명은 이 년이라고. 이게 말이 된다고 생각해? 유럽연합에서는 나를 명예 포유동물로 간주하고 잔인한 실험도 금지했어. 그런 내가 길어야 삼 년밖에 못 산다니. 이건 마치 보르헤스가 도서관 관장이 되자마자 실명한 거랑 다를 바가 없잖아."

그는 인생의 절반을 이 동굴 입구를 찾는 데 썼다면서 분통과 함께 먹물을 터뜨렸다. 두번째라 그런지 양은 많지 않았다.

나는 열심히 들어주는 척하면서 그의 몸에 기생할 타이밍을 노렸다. 그러나 안타깝게도 문어는 척추동물이 아니라서 부질없는 시도였다.

"너 뭐하냐?"

미끄럼틀 타듯 몸통에서 주르륵 미끄러지는 나를 보고 문어가 물었을 때 차마 본심을 말할 수 없었다. 저 맨질맨질한 피부는 대리석 타일이라도 발라놓은 것처럼 매끄러워 달라붙을 수 없다. 라이카도 그렇고 나한테는 왜 이렇게 '먹물'만 걸려드는 걸까. 실망감을 감추기 위해 적당히 난해한 질문을 던졌다.

"여기가 어딜까요? 우리는 버려진 걸까요?"

"여기는 우주의 정크 스페이스야. 정리정돈을 못하는 신이 언제 쓸지 알 수 없는 것들을 아무렇게나 쑤셔박아두는 곳이지."

"그럼 우리가 쓰레기란 말이에요?"

"쓰레기와 잡동사니는 엄연히 다른 거야. 아마 신은 이런 생각이겠지. '생사의 분리수거도 귀찮으니 대충 안 보이는 데 치워두자…… 우주는 아주 넓으니까.' 내가 편의상 신이라고 부른 것 정도는 알고 있지? 아무튼 여기 있으면 내 수명은 이 년이 아니라 이만 년도 너끈하단 말이야."

"오래 살면 뭐해요. 지겹기만 하지."

"뭘 하긴, 숨어 있는 거지! 난 그게 가장 재밌어. 벽에 붙어서 진득하게 하던 생각도 마저 할 수 있고……"

"하던 생각?"

"정크 스페이스에 지구를 집어넣을 생각."

양말을 뒤집듯이 이 동굴의 속이 겉이 되도록, 겉이 속이 되도록 뒤집으면 지구 정도는 홀랑 들어가지 않을까 싶다는 것이다. 대서양 깊은 곳에서 입구를 발견하고 들어왔는데 화성에서 출발했다는 나와 만났다는 건 공간을 이어붙이는 '터널'들이 존재한다는 뜻이고, 터널을 뒤집으면 뭐든 들어갈 거라고 했다.

문어의 과대망상은 끝이 없다.

헛소리를 듣기 싫어 '영화'를 보여주었더니 문어는 비로소 조용해졌다. 동굴 벽이 말랑말랑해지면서 과거와 미래, 미래와 현재의 장면이 뒤섞여 지나가면 문어는 여덟 개의 팔로 박수를 치거나 꼿꼿하게 기립해 부동자세로 집중했다. 그리고는 시네필처럼 영상을 팔로 짚어가며 자기만의 해석을 덧붙였다.

문어와 함께 영상을 보다가 이따금 아는 얼굴을 찾는 순간엔 원석을 캔 것처럼 짜릿했다. 마리아나해구를 통과한 마야가 지구인 조 버튼을 만나는 장면, 데이모스가 마침내 재부팅에 성공한 포보스와 재회하는 장면도 감동적이었지만, 무엇보다 가슴 떨린 장면은 눈꺼풀이 자란 키나가 눈을 감고 편안하게 잠든 모습이었다.

호두알로 변한 마녀가 언제 손을 써두었는지 두 눈을 감고 잠든 키나의 모습은 너무도 평안해 보였다. 중년이 되어 살이 붙었음에도 가냘프던 소녀 시절의 모습이 그대로 남아 있었다. 새삼 떠나온 화성이 그립고 저 몸으로 옮겨갈 기회를 놓친 것이 후회됐다. 키나에게 붙어 있다가 다른 동물에게 옮겨갔으면 지금쯤 암컷을 만나 오손도손 알을 까고 잘살고 있었을 텐데…… 이상한 곳에서 문어 대가리와 솔로로 살다 갈 신세가 되고 말았으니 한심스럽다. 이 무정형의 세계는 흙이나 풀, 털이 달린 짐승들은 고사하고 아무것도 없다. 플라스틱도 금속도 아닌 바닥에서 전해지는 것은 되튕겨내는 감각과 끝도 없이 이어지는 삶이라는 영화뿐.

그렇게 마르코발도와 사반세기를 보냈다. 시칠리아 출신의 문어는 자기가 좋아하는 소설 속 인물에게서 이름을 따와 자칭 '마르코발도'가 됐다. 마르코발도는 이십오 년 동안 단테와 베르가와 부차티와 칼비노와 에코의 소설을 들려주었다. 우주에 이런 정크 스페이스가 얼마나 더 있을까? 거기에도 우리 같은 존재들이 있을까?

시간이 흐를수록 마르코발도가 없었으면 어쩔 뻔했나 싶다. 이런 곳에서 말벗의 존재는 밤바다에 단 하나뿐인 등대와도 같다. 나는 마르코발도가 밝혀주는 빛과 그가 뿜어주는 어둠 (먹물) 속에서 마디마다 많은 공상을 새겨넣었다. 빛 한 점 들지 않는 동굴인데도 이상하게 완전한 암흑은 드물었다. 그래서 내 친구가 먹물을 뿜어줄 때만 완벽한 어둠을 즐길 수 있었다.

다시 동굴 속으로 파도가 들이쳤을 때, 마르코발도는 익사한 시체처럼 보이는 인간을 발견해 내 쪽으로 밀면서 큰 소리로 외쳤다.

"지금이야, 콜린스!"

"너는 안 가?"

"난 여기 온 지 백 년도 안 됐잖아. 그렇지만 넌 당장 떠나지 않으면 몇 세기를 더 퍼져 있을지 모른다고!"

내 다리로 그렇게 높이 도약한 적은 일찍이 없었다. 마침내 인간의 등에 착륙했고, 지체하지 않고 힘차게 피를 빨았다. 동시에 무시무시한 급류에 휘말려 동굴을 빠져나왔다.

루비같이 새빨간 피, 너무 맛있다. 얼마만의 포유동물인가! 빛이 쏟아지는 바깥세상에 나왔는데도 먹는 것을 멈출 수가 없었다. 영양을 듬뿍 섭취할수록 반투명해서 보이지도 않던 밑마디가 또렷해지고 짧은 더듬이도 짱짱해졌다.

"아야!"

책상에 엎드려 자던 작가가 뒤척였다. 그는 자기 몸 위에서 벼룩이 성찬을 즐기는 것을 알지 못했다. 선잠에서 깨어난 작가는 무의식적으로 등에 손을 넣어 벅벅 긁었다. 원기를 되찾은 나는 재빨리 손을 피해 목으로 올라갔다. 개도 인간도 목 부위의 피가 가장 맛있는 법이다.

피를 빨린 작가는 모처럼 좋은 아이디어가 떠올랐는지 노트를 펼쳐 뭔가를 맹렬하게 쓰기 시작했다.

그후 작가도 벼룩도 행복한 시기를 보냈다. 작가는 열중하느라 벼룩이 주는 근질거림을 인식하지 못했고, 식사를 방해하지 않았다. 나, 콜린스도 나름대로 밥값(핏값)을 했으니 개벼룩으로 태어나 동굴을 빠져나오기까지 내 몸에 아로새겨진 모험의 피를 교환해준 것이다. 나는 우주여행을 마치고 무사히 귀환한 아폴로호 승무원처럼 하루하루 벅찬 나날을 보내고 있다. 접혀 있던 점선 자국은 다 펴졌고, 생명체로서 생체 시계가 다시 째깍째깍 돌아간다. 이렇게 지내다보면 언젠가는 도약으로 이루어진 내 삶도 끝나는 시간이 올 것이다.

마침표를 넘어서는 공간을, 그 미지의 세계를, 책장이 덮이고서 시작되는 이야기를, 죽음 너머의 페이지를 나는 설레는 마음으로 기다리고 있다. 우주까지 나가봤지만 사후 세계는 미지의 곳이니까. 그때까지 열심히 피를 빨아먹고 높이 뛰어오를 것이다. 누군가 공중으로 솟아오른 내 모습을 본다면 문장 끝에 찍히는 마침표로 착각할지도 모르겠다. 난 그런 것이 좋다. 예상을 벗어나는 존재인 것이 좋다. 이제 마지막 페이지의 마지막 문장에 다다랐고, 작별인사를 하기 전에 내 모습을 여러분에게 공개하겠다. 자, 똑똑히 보아주길 바란다.

나는 여기에 있다.

작가의 말

돌이켜보면 나는 항상 먼 곳에서 이야기를 데려왔다. 내 소설에 환상 요소가 많은 것은 그편이 이곳을 먼 곳으로 만드는 방법이기 때문이다. 나는 꿈과 악몽, 길을 잃은 여행자와 동물로 변한 주인공을 데려와 그들을 둘러싼 세계를 꾸며대기를 좋아했다.

이번에는 지구를 벗어나 화성으로 날아갔으니 '물리적으로' 가장 먼 곳에서 장편이 만들어진 셈이다.

이 소설이 나의 첫 장편이 되기까지는 우여곡절이 많았다. 천 매짜리 소설을 완성한 후 그중 대부분을 버리고 처음부터 고쳐 써서 오백 매가량 전진했을 때, 나는 그 이야기의 계절이 영원히 끝나버렸음을, 나조차도 그걸 쓰던 사람에게서 떠나왔음을 깨달았다. 세상에 나오지 못한 장편을 품고 있는 쓰라림은 책 한 권만의 죽음이 아니어서 나는 오랫동안 종이 밖을 서성거렸다. 알고 보니 작가들 사이에 이런 이야기는 아주 흔했다.

『화성의 아이』의 모든 것은 우연에서 시작했다. 어느 잡지에서 특정 숫자를 주고 한 줄의 문장만 써달라는 부탁을 받아 이 책의 첫 문장이 나왔다. '화성' '실험동물' '살아남았다'는 몇 년 후 단편소설로 발아했는데 등장인물과 세계가 마음에 들었다. 특히 라이카가. 수다스럽게 컹컹대는 그 개는 조연으로 물러날 마음이 없었다. 뒤에서 텅스텐 눈빛을 발사하는 데이모스도 마찬가지였다. 그래서 모두에게 마이크를 주는 방식을 선택하기로 했다. 벼룩인 콜린스가 마침표를 가져갈 줄은 나조차도 예상하지 못한 일이다. 콜린스는 '작가의 말'에 잠깐 등장시킬 요량이었는데, 어느 틈에 팔등분된 파이의 한 조각을 차지했다.

화성에 은거지를 마련하면서 비로소 긴 터널에서 빠져나온 느낌이 든다. 연작 형태인 이 소설의 중간중간에 지면을 주고 도와주신 다산북스, 문장웹진, 창비와 이선엽님, 분게이슌주 출판사와 번역을 맡아준 사이토 마리코 님에게 감사드린다. 특히 문예지에 장편을 연재해놓고도 책으로 묶지 못한 작가를 몇 년이나 기다려주고, 다시 새 소설을 써서 내놓을 때까지 몇 년간 싫은 소리 한번 하지 않은 문학동네에 마음 깊이 감사드린다. 든든하고 다정한 담당 편집자이자 동료 소설가인 정영수에게는 특별한 고마움을 전하고 싶다.

첫 문장 쓸 때 네 살이던 이숲이는 이제 열한 살이 되었다. 마야와 함께 성장한 이숲이는 일하러 사라진 엄마를 한결같이 사랑해준 나의 태양이다. 맛있는 음식을 만들어주고 맞은편에 앉아 초고를 읽어준 남편에게도, 아직도 엄마의 어깨에 기대어 사는 중년의 딸에게 변치 않은 버팀목이 되어주는 우리 엄마에게도 감사드린다.

끝으로 진짜 화성도 아닌(!) 붉은 별에 착륙한 독자분들께 우정과 포옹을 전하며, 앞으로 부지런히 별자리를 만들 테니 계속 동행해달라고 조르고 싶다.

2024년 가을
김성중

문학동네 장편소설
화성의 아이
ⓒ 김성중 2024

초판인쇄 2024년 10월 8일
초판발행 2024년 10월 15일

지은이 김성중
책임편집 김영수 | 편집 이재현 강윤정
디자인 최윤미 이주영 | 저작권 박지영 형소진 최은진 오서영
마케팅 정민호 서지화 한민아 이민경 왕지경 정경주 김수인 김혜원 김하연 김예진
브랜딩 함유지 함근아 박민재 김희숙 이송이 박다솔 조다현 정승민 배진성
제작 강신은 김동욱 이순호 | 제작처 영신사

펴낸곳 (주)문학동네 | 펴낸이 김소영
출판등록 1993년 10월 22일 제2003-000045호
주소 10881 경기도 파주시 회동길 210
전자우편 editor@munhak.com | 대표전화 031)955-8888 | 팩스 031)955-8855
문의전화 031)955-2696(마케팅), 031)955-2679(편집)
문학동네카페 http://cafe.naver.com/mhdn
인스타그램 @munhakdongne | 트위터 @munhakdongne
북클럽문학동네 http://bookclubmunhak.com

ISBN 979-11-416-0125-6 03810

* 이 책은 서울특별시, 서울문화재단 2021년 창작집 발간지원 사업의 지원을 받아 발간되었습니다.

www.munhak.com